文芸社セレクション

時空を超えた冥府の約束

ウィルソン　金井

文芸社

目次

時空を超えた冥府の約束

一話　悲恋の雨宿り

知らず知らず、
見覚えのない道を歩いている。
心をなだめ辺りを見渡すも、
まったく思い当たらない。
訝しく思うが、歩くしかなかった。
陽の光が薄らぐ。
無意識に空を見上げると、
雲行きが怪しい。
瞬く間に真っ黒な雲が空一面を覆う。
清々しい五月晴れが台無しである。
漠然と眺める私の顔に、
ぽつりぽつりと雨が触れる。
見る間に、吹きすさぶ雨風となった。
民家の軒が目に留まる。

すぐさま軒下に身を寄せた。
《あ〜ぁ、ついてない日だなぁ……》
濡れた顔をハンカチで拭う。
ぶつぶつと不平を漏らす。
と、その時だった。
「ごめんなさい……」
全く気配が無く、唐突に声を掛けられた。
《えっ、だれ？》
余りの驚きに端へ逃げる。
怖々と声の主を盗み見た。
《……》
色鮮やかな和服姿の女性が目に入る。
濡れる胸先に両手を置き、
静々と立ち尽くす姿。
和服から滴る水たまりが、
足元に広がる。
透くほどの白肌、
現実味に欠ける違和感。

その肌が、
冷ややかな雨に無関心を装う。
情景に思いやることもなく、
心が定まらない私だ。
「こっほん……」
女性の軽い咳、
つい顔を向けてしまう。
《ん？　……》
姿が消えている。
辺りを探るが見当たらない。
足元の水たまりは、確かに残っている。
痕跡は事実であり、曖昧ではない。
「あの～ぅ」
背後に再び響く女性の声。
とっさに振り向けば、背筋に悪寒が走る。
なんと、女性が平然と立っていたからだ。
愁いの眼差しが、私の視線に絡み魅入る。
そして、言葉を奪った。

《うっ……》

しばし無言のまま、身動きがかなわず。

その瞳の美しさに、官能的な快感が疼き、

不思議な温もりと感情を芽生えさせた。

それは、断じて不快と感じ得ない。

「驚かせて、ごめんなさい」

何と言いかねる静穏な声が、

私の脳裏に響く。

「い、いいえ。平気……です。で、でも……」

思考が洗脳されてしまったのか、

惨めにもまともな返事ができない。

「うふふ、大丈夫では、なさそうね。

でも、シンノジョウ……」

女性は微笑み、

意味不明な言葉をつぶやく。

「幾年も、待ち望んでいた甲斐があったわ。

私のシンノジョウ……」

「ん？　……」

初めて経験する美しい女性との会話。

うわの空で聞く。

「……」

西日が射し込む。

「あら、雨が止んだらしいわ」

和服の裾から透き通る細腕を伸ばし、
手のひらで遮る。

そのあでやかな仕草と袖口から香る匂い。

私は完璧に支配された。

「あっ～ぁ～、なんて、芳しい香り！」

軽やかな音色が脳裏を満たし、
私の体を揺する。

「ん～、えっ？　夢？」

目覚まし時計の軽やかな音。

夢から覚めた。

「夢かぁ、それにしても、奇妙な夢だったなぁ」

そのままベッドに横たわり、

しばらく夢を追想する。
多少の怖さと淡いときめきを覚えるが、
夢の記憶は徐々に曖昧となった。

それから三日三晩と同じ夢を見る。
記憶は曖昧ではない。
仕草や一言半句まで、
はっきりと記憶に刻まれる。
この夢は私に一脈相通じるものが、
あるのだろうか。
心情的には、全く見覚えがない。

夕刻、地方へ出張する。
目的地の駅に着く頃、
小雨が降り始めた。
駅から少し離れたバス停に逃れる。
人影もなく薄暗いバス停であった。
冷ややかな風が私の頬に触れた。

余りの冷たさに首をすくめる。
と同時に、妙齢の女性が現れた。
あ然と見つめる。
全く気配を感じていなかったからだ。
「またお会いしましたね。こんばんは」
いつの間に移動したのか、
私の横にいる。
戸惑う私に静穏な声が響く。
「えっ、どなたでしょうか？」
「あら、お忘れに？
三度も、お会いしたはずよ。
シンノジョウ……」
瞳を凝らす。
確かに軒下の女性である。
「申し訳ない。あの時は、和服でしたよね。
今日は洋装なので……」
「……」
バスが到着し、先に乗るよう勧めた。

彼女は寂しげに首を振る。
「いいえ、私は乗れないの」

現実に引き戻され、漠然と宙を仰ぐ。
「また夢かぁ。なぜ、なんだ？
それに、あのシンノって……」
今回は状況も背景も異なる。
真剣に考えた。
「夢が現実となって彼女と巡り会う。
本当だろうか？」
真因が定かでない。
脳裏に渦巻く。

私は、大河内晋介。三十二歳、独身。
京橋の輸入雑貨商に勤め、
総務係長となって二年目になる。
繁雑な月末の仕事以外は、
至って気楽なサラリーマンだ。

武蔵野の古き自然が、
そこかしこに残る西武池袋線沿い。
その駅近くの社宅に住み、
不満もなく暮らしている。
ただ、
日々過酷な通勤ラッシュは馴染めない。
時折、暇を割き越後七浦の海辺へ行く。
四季折々の霊峰弥彦山を背に、
青い海原を眺める。
潮鳴りに耳を澄ませば、
最高の気晴らしだ。
私の唯一の楽しみと言えよう。
理想なんて大げさに考えず、
凡俗な暮らしで良い。
そんな平静の生活が、
私の人生観と考えている。
ところが、
ある日を境に著しく変わった。

奇妙な夢路に迷い込み、
奇しくも冥府と係わってしまう。
因って、
言語に絶する予測不能な日々が、
私を待ち受ける。

気心の知れた仲間に相談する。
「それなら、夢占いで調べてもらえば……」
「お祓い！　早い方が、いいと思うぜ」
「陰であなたに恋をして、
突然に亡くなった人かもよ。
諦めきれず夢の中に現れる。
ドラマチックな夢物語ね。羨ましいわ」
なんと好き勝手な意見だ。
相談するべきではなかったと、悔やむ。
その後、一週間過ぎても全く夢に現れない。
妙に静かだ。

却って心もとなく苛立つ。
想い人を失う感覚に陥ったようだ。
あまつさえ、再会を切に望んでいる。

やがて一ヶ月が経った。

改札口を出てから小雨に気付く。
敢えて傘を使わずに歩いた。
背後から忍び寄る足音。
立ち止まれば足音も止まる。
振り向くも、人影は見当たらない。
冷ややかな風が、
ほんのり頬に触れた。
女性の姿が目の前に現れ、
探るような眼遣いで私を見る。
雨のしずくが、
一筋二筋と黒髪から滴り、
透ける頬を濡らした。

互いに一言も語らず、時を流す。
折りたたみ傘を取り出し、
女性に差し伸べる。
「ありがとう。でも、必要ないの。
私には……」
民家の軒下へ、私を誘う。
行くべきか行かざるべきか、
判断し兼ねる。
引き返せと自分に言い含めたが、
肩を並べてしまった。
奥ゆかしい時の流れを、
しきりに降る雨の音が包む。
「あの〜、私は……」
場の雰囲気に耐えきれず、
思い余って先に口を挟んだ。
「待って、……」
私の言葉を押しとどめ、
彼女が意外なことを告げる。

「もう知っているわ。あなたのこと……」

「えっ、そんな?」

「大河内……、シンノジョウさん。ですよね?　シンノジョウ……」

「えっ、はい?」

初めて聞く名前であった。

「そうでしょう?　シンノジョウ、シンノジョウでしょう?」

懐疑的な表情を浮かべ、
必死に問い続ける女性。

私は、本名を告げることにした。

「いいえ、大河内晋介です。シンノジョウでは、ありません。晋介です」

その一言が、
彼女を恐るべき形相に変容させる。

「そんな、そんなはずは……。なぜ、なぜ、私を欺くのだ。ウワァ〜」

吹き荒れる生臭い風と共に、

断末魔の叫び声が私を襲う。

しかし、それは一瞬だった。

妖気は跡形もなく消える。


激しい恐怖が、夢から現実へと導く。

「夢か？　いつの間に寝てしまったんだ？」

天井を見つめ、記憶を思い起こす。

帰宅と同時にソファへ倒れ込む。

確かに、
そのまま寝入ったに違いない。

コンビニ弁当が未開封のままだ。

吹き込む風に気付く。

「あれ、窓も開けっ放しじゃないか……」

白いレースのカーテンが、煽られている。

果たして、
ここから侵入したのだろうか。

「それは、有り得ない！　絶対に夢だ！」

即座に否定するも、

心の片隅では否定できなかった。
たとえ夢であろうが、
頑なに求める『シンノジョウ』の名前に、
私は疑念を抱く。
その名に思い当たる人物が、
全くもって思い浮かばないのだ。

翌日、朝食を済ませ急ぎ実家へ電話する。

「おはよう、俺だけど……」

「おはよう、シンちゃん。どうしたの？」

電話口に、元気な母の声。

「うん、オヤジさん、いるかな？」

「オヤジさん、じゃないでしょ！

父さんかパパと呼びなさい！　いいわね！」

「わ、わかったから、父さんを呼んでよ」

母は、オフクロと呼ばれるのが嫌だった。

横で耳をそばだてる父に代わる。

「いまだに若い気持ちでいるからな。

ん？　急な用事か？　よもや、結婚話か？

それは、めでたい話だ。ようやく……」

せっかちなオヤジだ。

「そんなことじゃ、ないよ。

納得できないことがあって……」

「え、どんなことだ？」

夢の話を明かさずに、名前を確かめる。

「親戚に、シンノジョウ……、

大河内シンノジョウって、誰かいる？」

「え～、シンノジョウ？　ん～、待てよ。

そう言えば、じいさんの昔話で聞いたなぁ。

そのシンノジョウの名前が、必ず出てくる。

間違いない。確かに、その名前だったよ。

だけど、今は認知症だから微妙だなぁ」

「わかった。試しに聞いてくるね」

翌日の土曜日、仕事明けの午後。

東京駅から上越新幹線で高崎市へ向かう。

祖父が入所する介護施設『木陰の小道』

庭に面した明るい待合室である。

しばらく待つと、車いすの祖父が現れた。

既に九十七歳だが、思いの外元気な様子。

「ジイちゃん！　久しぶりだね」

「うん？　誰じゃ？　お前さんは……」

「え〜、孫の晋介だよ。

ジイちゃんの孫、し・ん・す・け！」

「……」

一瞬、間が空く。

「お、お〜ぅ。晋介じゃ、孫の晋介じゃ」

満面に笑みを浮かべ、細腕を差し伸べる。

「晋介が、晋介が、訪ねてくれた。

よう来てくれたのう……」

祖父の横に腰掛け、小さな手を握る。

「良かったぁ〜。忘れたかと思ったよ」

「バカな、ワシの可愛い孫じゃ。

まだ老いぼれておらんぞ」

祖父の笑顔を確信し、肝心なことを尋ねる。

「ジイちゃん。シンノジョウって名前だけど、いまだに、覚えているかなぁ？」

目を見開き、寂しい表情となった祖父。

私は、触れてはいけない過去と気付く。

「聞いてはいけない名前。そうでしょう？ジイちゃん、ごめん……」

「いやいや、平気じゃよ。ただ、忘れてはいかん名前なんじゃ。晋介、晋介、お前だから、大事なことを話したい。このことは、お前だからだよ……」

遠くの中庭に視線を置く祖父。

それは真剣な眼差しであった。

「それでじゃ……」

精一杯記憶を手繰り込み、ぽつりぽつりと語り始める。

幼い頃から一緒に育てられた従兄弟。
それが、新之丞である。
とても仲が良く、共に剣道を習い競う。
東京の大学に入学し、下宿も同じだった。
ある日、新之丞が顔を赤らめ打ち明ける。
学生の身ながら、女性に恋心を抱いたという。
和服の似合う二つ年下の美佐江であった。
二人のなれ初めは、
新之丞が民家の軒下で雨宿りしていると、
美佐江が突然に逃げ込んでくる。
そして、二人の交際が始まり、
民家の軒下で度々待ち合わせた。

祖父の話は、夢の内容と類似していた。

途方もなく驚く。

これが、私の抱く夢の真実だったのか。

「ここからが、問題なんじゃ。あの時代は……」

祖父の言葉に、しっかりと耳を傾ける。

太平洋戦争の敗戦が濃厚になった。
それでも、国は学徒を強硬に召集。
工学部在籍の祖父は、
群馬の中島飛行場に配属となる。
一方、経済学部在籍の新之丞は、
激戦地の南方へ赴くことになった。
十月二十一日、雨降る学徒出陣壮行会。
壮行会の後に、
新之丞から切なる想いの手紙を、
祖父は預かる。
それは、美佐江宛ての手紙であった。
その後、祖父は美佐江を訪ねる。
近隣の住人は、誰もが知らぬと首を振る。
噂として、実家の秋田へ疎開したという。
それでも、新之丞のために通い続けた。
しばらくして、新之丞が南の島で戦死。

東京は空襲で焼け野原となった。

終戦を群馬で迎えた祖父は、
群馬に残り新たな生活を営む。
ただ、手紙は祖父の手に残ったままだ。
新之丞の約束を果たすため、
幾度も東京へ通い続ける祖父。
しかし、当時の面影は変わり果て、
民家を探すことは無理に等しい。
半世紀以上が過ぎた今日でも、
手紙は祖父の手元に残されている。

項垂れる祖父の姿に心が痛む。

その姿に、私は思い切って決心する。

「ジイちゃん！　実は……」

夢の事実を打ち明けた。

「えっ、それは誠か？」

余りの驚きに、孫の私を凝視する。

「ん？　ジイちゃん、どうかしたの？」

「ワシも会った。夢の中で幾度も会った。それも、必ず雨の日じゃよ。そして、民家の軒下だ……」

絶句する祖父。私も言葉を失う。

「……」

面会時間が終わり、若い介護士が迎えに来た。

「晋介、お前が必ず訪ねると、ワシは感じていたよ」

「え、本当に？」

「ふふ……、お前の顔見てホッとした。それで、ちょっと待ちなさい」

「え？　うん、待っているから」

祖父を待つ間、話の内容を思い巡らす。夢と現実が重なる驚愕な真実である。動悸が治まらない。なぜなら、女性の名が『美佐江』と判明したからだ。

ただ、祖父の含み笑いと安堵が気になる。
車いすの祖父が戻ってきた。
手に小さな小箱を携えている。
「ワシが果たせなかったのは、
新之丞に似ておらんからじゃ。
お前は新之丞によう似ておる。
容貌も性格もじゃ。
だから、お前を新之丞として認め、
この手紙を必ず受け取る。はずじゃ」
祖父の不可解な言葉。
告げられた内容に、納得できない。
「ジイちゃん、それは無理だ。
夢の中で、現実の手紙を渡すなんて……」
「いいや、渡さないと終わらんのじゃ！」
私を直視したまま、強く抗弁する祖父。
「何が、終わらないの？」
「ああ、夢じゃ！」

「夢……」

理解できない私を見据え、にっこり笑う。

「ありがとう、ワシの大事な晋介。

これで、やっと夢から解放される。

これで、心置きなくあの世へ行けるよ。

新之丞に会っても、叱られずに済む。

ふふ……」

言葉を信じるしかなかった。

おもむろに手紙を渡す祖父。

「必ず、渡してくれ。頼むぞ」

「あっ、ジイちゃん。もう一つ、教えて！」

肝心なことを、思い出す。

「なにが、知りたいのじゃ？」

気になっていた美佐江の芳しい香りだ。

「美佐江さんの香りだけど、

とても芳しい匂い。あれが気になって……」

「あ～ぁ、あれか。橘の香りじゃ。

確かに、良い香りだったぁ」

「えっ、橘？」
「そう、柑橘類の花橘の香りじゃよ。
新之丞も大好きだったなぁ。
確か、古今和歌集の一首だったか、
楽しそうに口ずさんでおった。
五月待つ　花橘の　香をかげば……。
彼の顔が目に浮かぶ。ふふ……」
帰り際、手紙の礼に小遣いを渡される。
「お前に会うのも、これが最後じゃ。
頼むぞ。ワシの大好きな晋介よ」

帰りの新幹線は満席だった。
祖父の小遣いで、グリーン車に座る。
窓際に寄り掛かり、少々まどろむ。
ふと外の景色へ視線を置く。
窓ガラス越しに、美佐江の顔が浮き上がる。
「まさか？」
驚き、すぐさま振り返り、

隣の女性をはたと見つめてしまう。
女性は怪訝な表情で私をにらんだ。
人違いとわかり、ひたすら詫びる。
それにしても、美佐江の愁える表情だ。
気掛かりで気が沈む。
さらに、引き受けた手紙のことが、
少々心もとない。
本当に渡せるのか、疑わしい。

祖父を訪ねて四日後の休日は、
午後から断続的な雨となった。
窓に吹き込む風が、いつになく心地良い。
白いレースのカーテンが風に煽られる。
その様子を眺めているうちに、
いつしか睡魔に襲われた。

「もしもし……、もしもし……」
「う~ん、誰だよ？　もう……」

眠りから覚めるのが辛く、細目で確かめる。

と、目の前に美佐江の姿。

「ん？　えっ、まさか？」

彼女が、私の心を探っているようだ。

覚悟はしていたが、姿を目にし気後れする。

「あなたが、シンノジョウさんのお手紙を預かっている。そうでしょう？」

美佐江は、手紙のことを知っていた。

《えっ、知っているんだ。参ったな》

突然の内容に困惑し、返す言葉を失う。

「……」

「そのお手紙は、とても大切なの。渡してくださるわね」

《これは現実ではない。夢の世界だ。

だから、幻像の美佐江と会話できる。

手紙を渡したら、二度と会えなくなる。

それなら、先延ばしでも構わないだろう》

と、身勝手に考えた。

「今は手元に無いけど、次のとき渡せる。それに、その前に読んでから渡すよ」

「……」

彼女の表情が微妙に陰りを及ぼす。

この状況を、私は甘く考えていたようだ。

たおやかな美佐江が徐々に変貌。

「ウ、ウ、ウッ、私の願いを、阻むとは……」

自分の愚かさを思い知る。

和服に彩られた錦鯉が浮かび上がり、素早く美佐江の体に乗り移った。

引き裂かれる大きな口元。

真っ赤な血塗りの牙。

そして、地獄の底から湧き起こる叫び声。

「き〜さ〜まぁ！　これは夢ではないぞぉ！

生身の若造が愚弄するなぁ！

はらわたが煮えくり返るわ！

さもしい考えは止めよ！　さもあらばあれ、

冥府の恐ろしさを、とくと味わうがいい！」

その叫び声に圧倒され、これが現実と気付く。
「え～、これは、現実だったのかぁ～」
次の瞬間、室内全体が画像のように揺れ、
美佐江の姿も揺れながら消える。
雨の痕跡だけが床に広がっていた。
「なんて、ことだ。あ～、浅はかだった」
私は青ざめ、震えが止まらない。
祖父の解放される喜び、その理由が、
ようやく理解できた。
早く渡すことが、賢明であると思い知る。
ただ、手紙の内容に興味を抱く。
臆することなく好奇心が勝った。
急ぎ封を切る。
数枚の黄ばんだ便箋を広げると、
万年筆の達筆な文字が目に入る。
単なる恋文と思い込んでいた私は、
読むにつれ想像を絶する内容と知った。

【美佐江さんへ　最後の手紙を捧げる
小生は　お国のために戦地へ赴きます
生きて帰れるとは毛頭考えておりません
あの雨の夜　初めてお会いできたこと
偶然ではなく運命であると信じています
この世で　初めて経験する異性への思慕
そのただならぬ感情に巡り会えたのは
貴女のお陰と言えるでしょう
雨の晩は　逸る心を抑え軒下で待ちました
いつしか　貴女を愛しい存在と意識し
逢えることに愉悦を覚えてしまう
ある晴天の日に民家を訪れると
貴女が暮らす民家は廃墟同然でした
民家には　美しい女性が独り住んでいたが
病に侵され療養の甲斐もなく亡くなられた
その女性は　柏原　美佐江さん
それが　紛れもない貴女です
貴女の和服が錦鯉の色彩と同じでしたね

実は　廃墟の錦鯉を悪質な業者が企み
食用に売りさばくことを小生が知り
先に捕獲して近くの川へ逃がしました
それ故　錦鯉が貴女の化身と理解しています

貴女の素敵な香りは　花橘ですよね
五月待つ　花橘の　香をかげば
昔の人の　袖の香ぞする　（古今和歌集より）

この手紙を読み終えましたら
どうか現世の私を忘れてください
来世で　美佐江さんにお会いできること
心より望みます　　　　合掌
大河内　新之丞より】

ソファに身を沈め、しばらく宙を仰ぐ。
思考が大脳全体を駆け巡る。

薄々感じていたが、やはり切なさを覚える。
夢ではない現実だ。
確実に終わらせるべきと、私は悟った。

二日後の夜遅く、
雨が降りはじめた。
やはり、窓の隙間から一陣の風が吹き込む。
私は感情を抑圧し身構える。
血眼の美佐江が、こつねんと姿を現した。
「前回のことは、謝ります。私が悪かった」
素直に謝り、用意した手紙を手渡す。
「お〜、これがシンノジョウの手紙か〜ぁ。
ようやく私の物に……」
苛立つ妖魔の姿が、本来の美佐江に戻る。
穏やかな笑みに、私は胸を撫で下ろす。
「本当に嬉しいわ。ありがとう……」
「いいえ、それは、あなたの手紙です。
新之丞さんもジイちゃんも、喜ぶでしょう」

美佐江が恥じらいながら、私を覗き見る。

「お願いがあるの。宜しければ……、この手紙を読んで頂けるかしら？」

読むことに支障ないと思われる。

さりながら、新之丞の真意を果たして素直に受け止めるだろうか。

願いが、新たな災いを招くかもしれない。

故に、私は戸惑う。

「ねえ、お願い。お願いね！」

妖艶な仕草が、私の煩悩を刺激する。

浅はかにも、即座に快諾した。

「美佐江さんのためなら、もちろんです。でも、怒らないでください……」

怪訝な表情を見せたが、美佐江は穏やかに頷く。

「大丈夫よ。心配しないで……」

便箋を広げ、一語も隠さず読み上げる。

穏やかに耳をそばだてる美佐江だが、

手紙の中ほどで顔を歪める。
幸いにも、険しい表情に至ることはなかった。
読み終えて、そっと美佐江に戻す。
すると、手紙を胸に忍び泣く美佐江。
私は静かに見守る。
「晋介さん……、本当にありがとう。
あなたに会えて良かったわ。
これで、迷うことなく黄泉路を歩ける。
最後に、重要なことを伝えますね。
あなたが、現世と冥府の懸け橋となる
冥府の約束人に選ばれたわ。
それは、黄泉つ国から推挙を受けた人が、
特殊な能力を授かることなの。
ぜひ、冥府へのお力添え頼みますね」
私に不可知な能力を授けるとは、
理解し難い話だった。
その上、意味深長な冥府の約束人。
「えっ、なんの事ですか？　冥府の約束？」

すぐに承知できなかった。

「新之丞さん同様に、素晴らしい感性と能力を受け継ぐ素養が備わっているの。あなたなら、近い内に理解するわ。これで、さようなら……」

美佐江の流す涙が、彼女の姿を霞ませる。消える間際、穏やかな微笑みを私に送り、眩い閃光を放つ。

その一閃は、私の脳細胞に新たな感覚を芽生えさせた。と感じ取る。

与えられた能力は、定かではない。

ただ、美佐江の姿が心深くに残った。

二話　岬に建つお堂の秘密

日本海の青い海原と
緑に映える越後の山並み。
人知れず久々に訪れた。
砂浜でゆったり耳を澄ませば、
心地よい潮鳴りに出会う。
都会の喧騒を忘れ、
私の心を深く癒す。
砂浜の先に小高い岬。
小道を登れば、
爽やかな海風に巡り会えた。
狭い頂に、誰が建てたのか、
お堂がぽつねんと置かれている。
手を合わせ静かに礼拝。
すると、ただならぬ気配を感じ、

耳元にささめく声。
単なる海風のいたずらだろうか。
辺りを見回すが、誰の姿もない。
岬を下りながら、感覚が張り詰める。
これは、海風のいたずらではないと、
私は確信した。

砂浜に戻り、日本海を眺め過ごす。
しばらくして、更に感覚が強張る。
やはり、間違いない。
冥府の人だ。
左横に女性が腰かける。
「とても、清々しい風ね？」
声に誘われ、目を移す。
見惚れるほどの美しさだった。
「驚かせて、ごめんなさい」
潮風になびく長い黒髪が、
私の顔に優しく触れた。

そっと髪を押さえる彼女の細い指。

その心地良さに、心が揺れる。

視線を海原に向けたまま、
話に誘う。

「いいえ、ご心配は無用です」

「……」

「もう、秋の風でしょうね」

「……」

「私は大河内、大河内晋介と申します」

「……」

「ところで……、あなたは？」

「……」

妙なことに、彼女からは一言も返らない。

丸めた背中が痺れ、背筋を伸ばす。

すると、女性の存在感が薄れ消えた。

岬の声は、間違いなく彼女であろう。

視線の先に、赤いブラウスの女性が、
岬に向かって急ぎ走っている。

ただ、水際を走る足元からは、一粒の飛沫さえ散る様子もない。
追い駆けようと考えるが、敢えて心を抑えあきらめる。

日帰りの予定を変更し、近くのホテルに宿泊する。
大浴場の湯船に体を委ね、一時の開放感を味わう。
天井から滴る雫を眺めながら、あれこれと思い返す。
《岬のささめきと浜辺の女性……。その関連性の糸口は……。
夢の件は、身近な祖父に関連していた。
だから、早々と解決に結び付く。
今回は、毎年訪れるこの越後七浦だ。
なんのゆかりもない場所である。
それにも拘わらず、冥府の人に出会う。

さてさて、困ったものだ。
授かった感性は日が浅く、
導かれるままに行動するしかない。
そうさ、当然だろう。
未知なる冥府の世、不可解な経験なんて、
到底理解できるわけない。
自分の身に、ほとほと呆れるよ。
あ〜ぁ、もう……》
湯船の中へ一気に身を沈める。

朝食を早めに済ませ、急ぎ砂浜へ向かう。
時間帯が早く、渚の人影は疎らである。
静々と打ち寄せる波の音。
海原に浮かぶ佐渡島の姿。
浜辺に腰かけ、穏やかに待つ。
しばらくして、感性が存在を意識する。
もう恐れる必要はない。
毅然と、声を掛ける。

「おはよう……」

一瞬まごつくも、彼女は悟っていた。

「えっ？　あっ、おはよう……、ございます」

素直に応じ、視線を交わす。

涼しい瞳が、私の心を探っている。

「昨日は、ごめんなさい。名前は、サリナ」

誤解を招かないよう言葉を選ぶ。

「サリナさん？　素敵な名前ですね。

再び会えて良かった」

「うふふ……、どうしてかしら？」

恥じらう表情に、私は安堵する。

「あなたが気掛かりでした。

ここに座れば、再び会える気がして……」

「そんな……、恥ずかしいわ。

でも、嬉しい……」

はにかむ仕草が心を揺らす。

「宜しければ、一緒に昼食を……？」

思わず誘ってしまった。

彼女の表情が陰り、私は悔やむ。
「ごめんなさい。もう時間がないわ」
そそくさと目礼し、その場から立ち去る。
「待って、サリナさん！　待ってよ！」
岬の頂まで追い駆けた。
しかし、姿が見当たらない。
間違いなく、岬へ来たはずだ。
妙に、お堂が気になる。
しばらくお堂を見つめるも、
反応らしきものは起こらない。
私は諦め、東京へ帰った。

サリナは、何かを隠している。
岬のお堂が、重要なヒントかも知れない。
大いに好奇心が湧き、虜になりそうだ。
仕事帰りに、神田の古本屋を訪ね、
お堂に関する文献を探し求めた。
一週間ほど通う。

徒労に終わり、諦めようか迷った矢先、
二十五軒目の店で正に文献を探し当てる。
怪しくも珍しい古文書であった。
それは、明治初期に再編集されたものだが、
長く語り継がれた土地伝説をまとめていた。
読みづらい文字だが、概ね解釈できる。
多数の土地伝説が羅列されていたが、
岬のお堂に関する伝説文を確認できた。

越後の土地伝説　悲しき岬のお堂より
【鎌倉時代の高僧が佐渡流罪から解かれ、
荒れる日本海を漁師の小舟で渡る。
とある越後の浜辺に着岸する折、
若い舟人（雄太）が荒波に溺れ死ぬ。
彼には美しい許婚（八重）がいた。
嘆き悲しむ姿に、高僧が大層哀れみ、
岬の頂にお堂を建立する。
そして、お堂に冥府の扉を設け、

二人の再会を可能とした。
ただし、冥府の扉が開くのは初秋の七日間のみ、
一日半時と決める。寸刻の猶予もない。
約束を違えれば、扉は永遠に閉ざされる。
約束は数年ほど守られていたが、
妬む長者の倅に燃やされてしまった。
災いを恐れる長者が、新たなお堂を建立。
しかし、扉は閉ざされたままだ。
世を儚む八重が、岬から身を投じる。
海が荒れる日は、吹き荒ぶ風の音に
悲しみの声が重なり鳴きしきる。
愚かな長者の倅は、
とんと行方が知れない】

古文書を読み終え、ため息を漏らす。
奇妙な伝説に魅了されてしまった。
ただ、サリナと岬の接点が解明されず、
考えがすっきりしない。

《サリナは、いったい誰なんだ？》

九月末の日曜日。
レンタカーを利用して関越高速道を走る。
長岡ジャンクションから、
弥彦経由で越後七浦の浜へ着いた。
ここから眺める風景は最高に素敵だ。
海風が渚一帯に波の花を咲かせ、
越後の秋を匂わす。
大きく息を吸えば、
私の心を存分に和ませる。

岬の頂に登り、お堂の前に立つ。
吹き降りに晒された扉を眺めた。
数奇なお堂の伝説とは、
いかなる真偽なのか計り知れない。
伝説の曰くを妙に疑わしく思う。
今の私には理解し難い内容である。

古文書の説明によれば、
約束事は初秋の七日間だけだ。

既に秋も深まり、なおさら解明は難しい。

来年まで待つしかないと、断念する。

「サリナさん、来年の初秋まで……」

手を合わせ、お堂に語り掛けた。

すると、鋭い感覚が背筋を走り抜ける。

同時にお堂の扉を揺らし、
中から女性の泣きすがる声が響く。

「ア～、ァァ……」

私は耳を疑い、心耳に済ます。

「……」

意を決し、彼女の名を呼ぶ。

「サリナさん、サリナさん？」

「今年は、もう会えないわ」

すると、か細い声が返ってきた。

間違いなく、彼女の声である。

「サリナさん、必ず会いに来ますよ」

扉に手を合わせ、その場を離れた。
岬を下る私の背に日本海の荒々しい海風が、ヒュゥ～ヒュゥ～と押し続ける。
私には、サリナの泣き声に似せ、あたかも哀れを誘うよう聞こえた。

東京に戻ると、速やかにパソコンを開き、新潟の地方紙を検索する。
特に岬関連の記事を隈なく探す。
それは、意外に早くヒットした。
七年前の紙面に大きく掲載されており、不思議な事件と話題を集める。
だが、未解決のまま処理されたという。

越後新報の掲載記事による。
『岬の伝説に魅せられた若い女性が、お堂の前からこつ然と姿を消す。
地元警察が捜索依頼を受け、

投身自殺の疑いで捜査を始める。
しかし、何一つ痕跡が発見されず、
未解決のまま捜査を打ち切った。
ところが、その一年後の初秋に、
不可解な現象が現れる。
嚙み千切られた衣服の白骨遺体が、
お堂の前に放置されていた。
DNA鑑定により、捜索依頼の女性と判明。
奇怪なミッシング・リンクと話題となる。
ただ、失跡と遺体の放置については、
解明に至らないままだ。
その女性が東都大学の大学院生で、
岩崎沙理奈二十五歳。
郷里の伝記史料に深く傾倒し、
岬を研究テーマに調査していた』

ようやく岬とサリナが結び付く。
お堂の声は、彼女であると確信できた。

《彼女も、あの古文書を入手していた？
でも、なぜだ。
失踪してから一年後に白骨化。
それも、お堂の前に放置された？
どうして、どうしてだ？》
私の疑問が大きく渦巻く。

翌々日の午後、早退届を提出すると、
事前に面会を取り計らい東都大学を訪ねる。
文学部史学科の福沢准教授には、
特に訪問の内容を伝えていなかった。
「私が、大河内晋介です。
ご多忙の中、誠に恐縮です」
「いいえ、暇を弄んでいますから……。
福沢貴志と申します」
部屋の中ほどの長テーブルを挟み、
初対面の名刺交換をする。
どう切り出すべきか私は考えあぐむ。

対して、准教授は穏やかに私の言葉を待った。
私は一呼吸おいてから、静かに内容を問う。
「実は、越後の岬に建つ古いお堂ですが」
福沢准教授の笑顔が、一瞬失いかける。
私は見逃さなかった。
「ご存知ですよね。気に障るようでしたら、
お断りください」
「いいえ、構いません。どうぞ……」
笑顔は消え、真剣な眼差しを私に向ける。
「あの浜には、以前から度々訪れています。
ですが、あの岬を訪れたのは初めてです。
今回訪れると、不思議な体験をしました。
特に岬のお堂には、特別な感情を抱き、
私なりに調べました」
驚く様子もなく、平然と聞く福沢准教授。
「最近、お堂に関する古文書を入手し、
内容から非常に興味を持った次第です」
ただ、沙理奈の声に関しては、伏せた。

「お堂に関する古文書ですか？」

准教授が微妙に反応した。

「はい、神田の古本屋で見つけました」

「……」

無言のまま、じっと私を見定める。

私は意を決し、肝心事に立ち入った。

「地方紙の記事を探しましたら、奇妙な事件が掲載されており、東都大学の岩崎沙理奈さん。こちらの方、でした」

「ええ、沙理奈はゼミの一員です」

率直に答えたので、却って私が戸惑う。

「でも、ほとんど単独で研究し、好きなように活動していました。彼女が古文書を入手したことも、私はもちろん知っていますよ。確信できたから行動に移せると、大変な喜びようでした。

ただ、妙なことを僕に告げました」

「えっ、妙なことって？」

「突然に扉が開き、不審なものを見たと」

「扉が開いた？」

「はい、そうです」

「それに、不審なものって？」

「ん……」

彼は、明かすことに悩んでいる。

「他言はしません。教えてください」

微かに頷き、決心をしたようだ。

「この世でなく、闇の世を垣間見た。

それに、奇怪な生き物を……」

「闇の世って、冥府の世でしょうかね？

奇怪な生き物は、なんでしょうか？」

「恐らく、彼女を襲った闇の生き物では」

「……」

「……」

二人の間に、しばらく沈黙が漂う。

「それで、何か参考となる史料は？」

「残念ながら、何も残っていません。彼女はリュックサックに史料を入れ、常に持ち歩いていましたから……」

多少の手がかりを期待していた私は、張りつめていた気持ちが緩んだ。

「そうですか……。それは残念……」

このままでは、訪れた意味がない。

「沙理奈さんが失踪したときは、一人だったのですか？」

「ええ、非常に危険と思われたので、単独行動はするべきではないと、注意したのですが……。結果、あのようなことになり、とても辛い思いです……」

「……」

「仲間が、岬の真相を調べましたが、何も解明できなかった」

「……」

すると、准教授が無言で席を立ち、

キャビネットから赤い小箱を持ち出す。

それを私の前に置いた。

「これは、彼女が残した唯一の品。

手掛かりになるか、わかりませんが」

私には、単なる手作りの赤い小箱に見えた。

しかし、いみじくも特別な小箱であるとは、

二人にとって知る由もない。

それは、後に秘めた役割を果たすからだ。

「これを、お借りできますか？」

「ええ、どうぞ……」

「本日は、貴重なお時間を頂き、

誠にありがとうございました」

別れ際に、沙理奈の出身地が佐渡島と、

准教授から知らされた。

《やはり、彼女は越後に関係していたんだ。

佐渡島の相川とは……。
それにしても、この赤い小箱は……》

家に帰り、赤い小箱を手にすると、
不思議な感触が全身に伝わった。
私は驚き小箱を凝視した。
そして、恐る恐る小箱を開ける。
中に淡いピンクの紙片が一枚、
丁寧に折り畳まれていた。
その紙片には【佐渡琴浦】の四文字が、
はっきりと書かれているではないか。
《はて、どんな意味があるのか？
やはり、佐渡島へ行くしかない》

佐渡島にようやく春が訪れた。
初秋まで五ヶ月である。
それまでにヒントを得なければと、
焦る思いで佐渡島へ向かう。

上越新幹線で新潟市へ行き、
新潟港からジェットフォイル船に乗る。
一時間余りで佐渡島の両津に入港。
レンタカーで島内観光名所を訪ねた。
最初に訪れた佐渡歴史伝説館において、
思わぬ手がかりを手にする。
【佐渡琴浦】の四文字が、
館内展示ボードに書かれていたからだ。
説明では、お盆に行われる行事とのこと。
正式には、琴浦海岸精霊船とあった。

【迎え盆に、麦わらで作った
精霊迎え舟（あのひのごんせん）に火をつけ、
子供たちが沖へ運ぶ。
浜に引き返すと、あの日（彼岸、あの世）の
子供たちとして迎えられる。
送り盆には、各戸から持ち寄った供物を
精霊送り舟（このひのごんせん）に積み、

火をつけ沖まで見送る。
浜に戻った子供たちは、この日（此岸、現世）の
子供たちとして出迎えた】

沙理奈がこの行事とお堂を結び付けた。
と、勝手に推測する私であった。
早速、東都大学福沢准教授へ電話する。
沙理奈と言葉を交わしたことを明かす。
唐突に明かされ、動転する電話口の声。
「そ、それは事実ですか？　参ったなぁ。
ああ、思考が錯乱して……」
さらに、お堂や砂浜での会話も明かした。
「大河内さん……。それでは、沙理奈が……。
初秋の一週間なら、再び会えると……」
「はい、間違いありません」
「初秋は旧盆から九月初旬の間です。
彼女が消息を絶ったのも、その時です。
あ～、なんてことだ……」

生前の彼女に思いを馳せたのか、彼の会話が途切れる。

「それにしても、彼女と琴浦の行事が結び付かない。これから、出身地の相川へ行って、詳しく調べるつもりです」

「ぜひ、お願いします。でも、大変かもしれません。ご両親は早くに亡くなれ、身近な親戚はいないようです」

「まあ、せっかく来たのですから、なんとか探しますよ」

互いに一呼吸を置き、電話を切った。

その後、佐渡市相川支所を訪ねる。事情を説明し、岩崎姓の所在を依頼。十軒が確認できた。訪問の承諾を得てから、岩崎徳次郎翁を紹介される。

沙理奈の祖父とは、従兄弟の間柄という。

早速訪ねた。

「なー、ねまれっちゃ、やー」

玄関口でにこやかに出迎える。

しかし、難解な佐渡弁に困惑した。

「はい？」

岩崎翁が大笑い。

「アハハハ……。あぁーいやぁ、
座りんさいちゃー。なー、じんのび……」

意味が理解できぬまま、居間に通される。

突然の訪問を詫び、その訳を説明した。

「沙理奈かぁ、むっさん覚えとるちゃ。

もつけねぇ」

首を傾げる私に、言葉を改めて話す。

「よく覚えている。不憫な子だっちゃ。

さみしかえ……」

「では、亡くなる前に会ったのですね？」

「ああ、来たけも……」

そのことを思い浮かべ、表情を曇らす。

「オイらち岩崎家んもんの、
古しいおぞんげえ話を知りてー、
ちょこんと言うて、やー」

「えっ、岩崎家に伝わる話ですか？」

やはり、佐渡弁は理解し難い。

仕方なく、私なりに解釈する。

「ああ、そうらけも……」

なんと、正解だ。

「もしや、岬のお堂に関係すること？」

「そう、そう、それだっちゃ、やー」

やはり、彼女は古文書と関連性があった。

それも、伝説の身近な存在でもある。

日が暮れ、遅い時間になった。

改めて明日の訪問を約束し、引き上げる。

予約の海岸沿いのホテルに宿泊。

その夜のうちに、しかるべき情報を得たと、福沢准教授へ伝える。

「ようやく沙理奈の行動が理解でき、とても良かった。

それに、古文書の許婚か漁師のどちらかが、岩崎家に繋がる訳ですね。興味深い展開だ。

これで、彼女の調査目的がわかる」

電話口の声から、安堵する様子が浮かぶ。

「問題は、突然の消息不明になったこと、一年後に放置された白骨体の件です。

その謎が解明されないと……」

私は重要なポイントを確認する。

「ええ、確かに、そう思います。

明日、岩崎翁が何を語るか、ですよね。

糸口となれば、良いですが……」

「そうです。それにしても、ハハハ……。

佐渡弁には、苦労させられます」

双方で笑いながら、電話を切った。

浴衣に着替え、窓際のソファにくつろぐ。

眼下の暗い海を眺め、今までのことを思う。
次第に体の力と全神経が抜けてゆく。

「……」

お堂の扉が静かに開く。
中は暗やみだ。何も見えない。
青白く気味悪い手が、静かに忍び寄る。
そして、私の足にさっと絡みつく。
余りの冷たさに、私は震えあがった。
その容赦ない手が、闇の中へ引き込む。
必死に抵抗するも、無駄な足掻きだ。
屈強な力が、私の体を抑え続ける。
異様な形の白い脚を、蹴り叩く。
だが、全く感触が得られない。
暗やみに目を凝らす。と、険悪な
血走った目で、私をにらんでいる。
いったい何者なんだ。
地獄の鬼か？

引き裂かれた醜い口が薄笑う。
次の瞬間、鋭い牙が私を襲った。
《こ、声が出ない》

ハッと目が覚めた。
いつの間にか、ソファで寝ていたようだ。
恐ろしさに、体中が硬直状態。
深呼吸をし、肺に酸素を送り込む。
冷汗で体がぐっしょりだ。
《恐ろしい夢だ。何かの暗示なのか？
冗談じゃない》
ホテルの大浴場へ行く。
湯に体を沈め、ガチガチの緊張を解す。
《お堂の扉は、冥府への入り口なのか？
あの薄汚い姿は、あ～ぁ、嫌な予感が……》
浴場には誰の姿もない。これ幸いに思い、
頭から全身を湯船の中へ浸した。
顔を幾度となく擦り、邪念を追い払う。

翌日、朝食を済ませ岩崎家へ向かう。

玄関口には、待ち焦がれるかのように岩崎翁が待っていた。

居間へ通すなり、すぐに熱いお茶を注ぐ。

「あっ、構わないでください」

「いいんちゃ。客人なんて、滅多にねー。オイ、嬉しいちゃ、やー」

小皿に新鮮なキュウリとナスの漬物。

「それでは、甘えさせていただきます」

「ああ、そうくりー」

肝心な話を聞きたいが、漬物を口にする。

その間、棚から赤い小箱を持ち出し、私の前に置いた。

漬物を誤嚥するほど、私は驚く。

「えっ、この箱は、うっ……」

私の表情に、岩崎翁も驚く。

「なー、これ知っとるさー？」

「はい、沙理奈さんの友人が、
大切に持っていました。
中に【佐渡琴浦】の文字を見つけたので、
こちらへお訪ねした次第です」
「こん箱は、オイが作って沙理奈さぁに、
渡したお守りちゃ、やー」
「お守りですか？」
想像もできなかった内容である。
「そうちゃ、やー。冥府の扉が開いたら、
こん中のもんが守るちゃ、やー」
「えっ、ピンクの紙切れが守る？」
ますます意味が解せない。
ところが、岩崎翁も首を傾げる。
「そりゃあ、むっさん変だちゃ。
麦わらの焚きもんを、
二本入れたはずだちゃ、やー」
「麦わらですか？　入っていません。
なんの麦わらでしょうか？」

「琴浦のごんせんちゃ、やー。
精霊船行事らけも。
なー、知っとるさー？」
「はい、佐渡歴史伝説館で拝見しました」
姿勢を正し、私は真剣に見据える。
「こいから話してー　内容らけも、
おいらちに伝わる話らし……」
岩崎翁は、神妙な顔で語り始めた。
ただ、私に気遣う。
極力標準語を使い、内容を伝えてくれた。
「罷免されたお坊さんが、
岬のお堂を建てたちゃ……。
扉の秘密を、八重に知らせたがやー。
初秋の一週間だけ、雄太と会えるちゃ。
らけれも、約束を必ず守れと、
言うてげす。
扉の向こんは、こん世ねーらし。
こん世んもんが、

足を踏み入れては、だっちゃかんー」
翁は、お茶を一口飲み、喉の渇きを潤す。
「あぁー、おそんげだちゃ、やー。
入れば、こん世に戻れんちゃ、やー」
ほんの間、口を閉じた。
身の芯から凍るような感触を
私は味わう。
岩崎翁の言葉を待つ間、
体を温めようと熱いお茶を飲んだ。
「一度らけ、助かる方法を言うてげす。
そいは……、
ごんせんの麦わらの焚きもんだちゃー、
目印の赤い小箱の中に入れ、
懐に忍ばるちゃ、やー。
万一、扉の中に踏み入ったら、
小箱の焚きもんさー、
髪に結うば、やりだっちゃ。
こん世へ戻れちゃ、やー」

一気に語ると、肩で大きく息をした。
そして、急に眉をひそめる。
「八重さんは、お堂が燃えて中へ入れず、
悲観して自らあの世に……」
「そうちゃ、やー」
沙理奈は、燃えさしのことを理解していた。
准教授に赤い小箱だけを預け、
髪に燃えさしを結び付ける。
そして、扉の中へ入った。
では、なぜ戻れなかったのか。
違和感を覚え、そのことを翁に尋ねる。
「オイは、ちょんこと言うてねーらし。
むっさん　よんどこねえー」
しばらく俯き、おもむろに話を続ける。
赤い小箱の役割は、
八重と雄太への目印だけではない。
もし、ジャキから襲われたとしても、
赤い小箱を放り投げることによって、

赤を好むジャキらが仲間同士で奪い合う。

その隙に、逃げることができる。

ただし、それは単なる可能性に過ぎない。

岩崎翁の話を聞き、そのように解釈した。

《そう言えば、あの不気味な物をジャキと呼んでいた。ジャキか……。嫌だなぁ。

それにしても、ジャキとは意味が摑めない。

小箱の赤色は、ジャキへの目くらまし。

そんな用途が秘められていたのか》

「で、燃えさしの役目は？」

「ああ、麦わらの焚きもんさー、三途の川を渡る通行手形だちゃ」

「えっ、通行手形ですか……」

「ああ、そうちゃ、やー」

岩崎翁にとって、語るのが辛そうだ。

「最後にもう一つ、お聞きしたい」

私の目をうかがい、仕方なく承諾する。

「沙理奈さんと出会えたのは、

私に、特別な意味合いでもありますか？」
「う〜ん、不思議らけも。
オイは、ちょんこと分かんねー」
岩崎翁の心情を考え、
これ以上の質問は止め、別れを告げる。
帰り際に呼び止められ、
他言しないよう約束させられた。
私は強く頷き返す。
「もちろん、心得ております」
「なー、でかしました、でかしました」
翁が涙を浮かべ、佐渡弁を繰り返す。
後に、感謝の言葉と知る。

二日後の昼、
福沢准教授が私のオフィスを訪ねた。
私たちは、近くのそば屋へ行く。
食事しながら、岩崎翁との会話を説明。
福沢は、話に心を動かされたようだ。

「今年の初秋には、僕も同行します。宜しいですか？」

岩崎翁の約束を思い出し、彼に断るしかなかった。

「生前を知る身近な人が、お堂に近寄ってはいけない。と言われました。それも、厳しく。必ず理由が有るはずです。ですから、今回は諦めてください」

「そんな、う〜ん、とても残念だ」

想像以上の落胆ぶり。

その様子に、ある案を考えおよぶ。

「いや、待ってくださいよ。初秋前なら問題ないかも……。一緒に行きましょうか？」

彼を誘う。と大喜びする。

「はい、是が非でも。お願いします。ある程度の知識を得たので、違う角度から分析を……。

俄然、面白くなりましたね」

「やはり、教授らしいや。

私には、分析なんて関係ないです。

単に、興味本位ですから……」

「いや、いや、沙理奈が気になって……。

それに、忘れられない事件ですから」

《やはり、二人は交際していた。のかな？

小箱を大事に持っていたし。な？

そうに、違いない。

岩崎翁も、恐らく察していた様子だった》

大学の夏休みに合わせ、

私も有給休暇を取得する。

准教授と日程を確認してから、

旅行会社へ予約した。

七月の下旬、

越後七浦と佐渡相川へ向かう。

先ずは、日盛りの岬を訪ねる。

登る小道での暑さに閉口するも、
岬の爽やかな海風に酔いしれた。

体を和ませ、生気を甦らせる。

「思いの外、涼しくて助かりましたね」

「ええ、岬の下と上では、雲泥の差ですよ」

お堂に手を合わせ、呟く福沢の後ろ姿。

海風が彼の声を遮る。

ショルダーバッグから小箱を取り出し、
扉の前に置いた。

「福沢先生、その箱は……」

「ここに、置いていくけど……」

「もう一度、私に預けてください」

「えっ、なぜですか？」

私の真意が摑めず、戸惑っている。

「実は、沙理奈さんに会えたら、
渡そうと考えています」

一瞬、感覚が私の体を過る。
すぐ後に、お堂の扉が揺れた。
福沢と私が、はたと扉を見据える。
「特に変わった様子は、ありませんね」
福沢の言葉に、私は平然と頷く。
私には、微細な感覚が流れ続けている。
それが、沙理奈なのか誰なのか、
現状の私には判別できない。

岬から下り、新潟港へ向かう。

フェリーのデッキから、
越後の山並みと日本海を一望する。

深呼吸すると、互いに目を合わす。

心から笑い、心が和む。

「ところで、伺ってもよろしいですか?」

以前から気にしていた二人の関係を、
この際に聞いてみる。

「どうぞ……」

「岬のお堂に向かって、呟いていたでしょう?」

私の問いに、顔を薄っすらと赤らめた。

「ああ、いや、特には……」

言葉少なめに、俯く。

「やはり、特別な人でしたか?」

「はい、結婚を考えていました。

この件では、無茶をするなと……。

ですが、心配ないからと微笑み、
小箱を残して行ってしまった」

「……」

その様子を思い描き、私は黙って聞く。

「虫の知らせですかね。

強引でも、沙理奈を止めるべきだった。

今更、悔やんでも悔やみきれない。

あの笑顔を、信じるしかなかった。

それにしても、あの赤い小箱が……。

彼女を守る物だったとは、残念です」

「……」

「ですから、あの時に呟いたのは、必ず帰ると信じ待っていた。それに、大河内さんに会えたそうだね。僕も会いたかったよ。理由はわからないけど、会ってはいけないらしい。と、まあ、こんな内容ですかね」

「そうですか……。それなら、どこまで解明できるか、とことん追求しましょうよ」

「ぜひ、沙理奈のためにお願いします」


二時間半後、フェリーが両津港に着岸。船から車を降ろし、岩崎家へ直行する。

「よう、いらしたっちゃ、やー」

「こちらが、東都大学の福沢先生です」

「初めまして、福沢です」

二人は頭を下げ、玄関口で挨拶を交わす。

「やはりな、沙理奈の好きもんと、思とちゃ、やー。

あん子が、ちょんのん言うて、赤いん顔したっちゃ。

幸せだっちゃ、やー。

あぁー、もっけねぇ……」

声を潤ませ、俯く岩崎翁であった。

「岩崎さん、僕も同じですよ」

福沢が、岩崎翁の手をしっかり握る。

「えっ、佐渡弁が理解できるのですか？」

驚く私に、照れながら答えた。

「いいえ、ほんの少しですよ。

沙理奈が時折、佐渡弁を使い、僕を困らせて喜んでいました。

ですから、話せませんけど、ちょっぴり理解できる程度です」

「いやいや、恐れ入りました」

二人は目を合わせ、笑いを堪える。

「そいで、どいらんさ？」

「あっ、はい、来月の下旬ですが、私ひとりで岬へ行くつもりです」

「沙理奈なら良いけも……、ジャキはおぞんげえ。十分に注意してくり」

「えっ、じゃきとは、なんですか？」

私が意味を知らず、聞き返した。

「それなら、私が知っています」

「先生は、ご存知でしたか？」

「はい、何かの文献で調べた記憶が、ありますから。

ジャキは、邪悪な鬼と書きます。

地獄行きを待つ、鬼となった者のこと。

三途の川が渡れず、黄泉の国へ行けない。

渡れる者を妬み襲う邪鬼。と書かれていた」

「なるほど、そういうことですか……。

これで納得できました。気を付けます。

ところで、岩崎さん！

沙理奈さんに、赤い小箱を二つ渡しますが、何か問題でもありますか？」
すると、岩崎翁がそそくさと席を立ち、仏壇から古い木箱を持ってくる。
黄ばんだ和紙を取り出し、広げて見せた。
それは、扉の中を描写する水墨画だった。
鮮明に書き表され、見るほどに驚く。
三途の川岸に立つ雄太らしき姿と、川を懸命に渡る八重らしき姿。
さらに数匹の醜い邪鬼らしき姿が、朱墨の小箱を奪い合う光景である。
私と福沢准教授は、画面から目が離せない。
「これは、いつ頃、誰が書いたものですか？」
准教授が、信じられない面持ちで尋ねる。
しかし、首を傾げる岩崎翁。
「ん～、こいだけ古いし、よんどこねえけも、わからんねー。
ん～、ん～、あっ、そうらけも、

偉いお坊さんの弟子だっちゃ、やー」
私の関心事は、赤い小箱である。
「この絵では、邪鬼が赤い小箱を奪い合う。
それも仲間を引き裂きながら……。
この女性は、赤い箱を持っていない。
やはり、赤い箱を囮に使い、投げた。
そして、その隙に川を渡る。
ですかね？」
「確かに、そうでしょう。同感です。
邪鬼が血相を変え、奪い合っている。
これが、赤い箱の本来の使い方……」
福沢が、私の意見に同調する。
「その習性を、この絵図で代々に受け継ぎ、
教えられてきた訳でしょうね」
私が推測を話していると、
岩崎翁が突然に悲痛な声を上げる。
「思いだしちゃ、やー。おぞんげえ。
沙理奈は赤いいん服、好きだっちゃ！」

福沢が目を見開く。

「ええ、いつも赤いシャツやブラウスを、好んで着用していました。

あの日も、赤いブラウスで行くから、この箱は必要ないと、僕に預けたんだ。あ～、なんてことだ！」

思い出した福沢は、肩を震わせ天を仰ぐ。

「やはり、彼女は勘違いしていた。間違いない。だから、邪鬼に襲われた」

しばらく無言の時が、その場に流れる。

理解できぬまま邪鬼に襲われる彼女、私は思い浮かべ哀れんだ。

無念な福沢の心情を察し、背に手を置く。

「先生、そろそろ……」

「えっ、どいらんさ？　帰ろとっめか？」

「はい、でも、岩崎さん！　どうですか？　これから一緒に食事しませんか？」

突然の誘いに、福沢准教授が喜ぶ。

「それは大賛成です。佐渡の話を、もっと聞かせてください」

岩崎翁もホテルに泊まらせ、遅くまで和やかに話し合う。ただ、お堂に関する話題は避けた。翌日、食事を済ませ翁の家まで送り届け、私と准教授は島内観光名所を巡る。弥光寺や幸福地蔵を足早に回り、両津港から新潟経由で東京へ戻った。

初秋の土曜日。
岬を訪ねるが、砂浜で時間を過ごす。あの水墨画に強い印象を受け、心に恐怖が湧き、迷いが生じたからだ。それは、冥府の怖さではない。やはり、夢に現れた邪鬼の襲う感覚であろう。高鳴る心を抑え、潮鳴りに耳を澄ます。

　すると、潮風とは異なる風が、私の頬に優しく触れた。

《ん？　もしや、沙理奈？》

　隣に目を移せば、水平線を見つめる沙理奈の優しい姿があった。

「やはり、……」

　ためらう私に、沙理奈が微笑む。

「ふふ……、本当に来てくれたのね」

　沙理奈が、私の手に彼女の手を重ねる。

　冷たい感触が私の心を貫く。

　理解するも、彼女の悲哀を感受する。

「沙理奈さん！　あなたのことを詳しく調べてしまいました」

　重ねる手を、沙理奈が素早く外す。

「えっ、私の何を調べたの？」

　出会いから一年の間に、調べた詳細を説明する。

　更に、彼女を彼岸へ渡らせる手段も、

伝えた。
「そう……、でも、難しいと思うわ。
だから、忘れて……」
表情を曇らせ、諦めている様子だ。
赤い小箱を取り出し、沙理奈に見せた。
それも赤い箱は二つである。
目を見張らせ、沙理奈は驚く。
「あなたが二つ？　どうして？」
沙理奈の手に、そっと預ける。
「これは、福沢先生に残したもの。
もう一つは、岩崎おじいさんから
預かったものだよ」
唐突に、沙理奈が両手で顔を覆う。
そして、感情を露わに泣き出した。
その姿に、小刻みに震える肩を、
私は優しく慰めるしかなかった。
すると、凄まじい風が吹き荒ぶ。
沙理奈が察し、岬のお堂を睨みつける。

緊張する私の腕をつかみ、
岬に向かって歩き出したのだ。
抗うことなく、私は沙理奈に従った。
浜辺を歩く二人の頭上に、
数羽の海鳥が騒ぎ鳴く。
浜辺の水際に、私の足跡だけが残る。
岬の頂までが遥かに遠く感じ、
胸がバクバクと張り裂ける思いだ。
沙理奈を信じるしかない。
互いに目を合わせ、私が頷く。
岬のお堂の前に立ち並ぶと、
彼女の表情に強い信念が浮き上がる。
すると、お堂の扉が冥府の風に押し開く。
同時に、私の感覚が呼び起こされた。
「大丈夫よ。邪鬼は陽の光が眩しく、
外には出られないわ」
「ええ、そう解釈していますから……」
緊張するも、意外に落ち着き答える。

「大河内さん、最後にお願いがあるの。
私の体は、邪鬼に引き裂かれたけど、
私の魂は、いつまでも生きているわ。
そのこと、貴志さんに伝えてね」
「はい、必ず伝えます」
「これから先、絶対に中を覗かないでね。
奇怪な声が聞こえたとしても、
決して耳を傾けないこと。約束よ。
あなたが引き込まれてしまう。
私のように……。
必ず、必ず約束を守ってね」
「はい、必ず守ります。ん？　えっ、
引き込まれる。私のように……」
お堂の中から不快な空気が漏れ、
地底の不気味な唸り声が響いた。
「沙理奈さん、最後に一つだけ、
教えてください」
「何かしら？」

「どうして、沙理奈さんの体が、一年後に現れたのですか？」
「……」
「そのことが解明できませんので……」
「なー、よんどこねぇ。かんねん……。
あっ、ごめんなさい。
なぜだか、私にもわからないわ」
扉の中へ戻って行く彼女に、
確かな死相が浮き彫る。
その沙理奈の姿を、私は辛く眺めた。
しばらくして、
唸り声が激しい苛立ちの怒声に変わる。
邪鬼が仲間割れの体を引き裂き、
グシャグシャと噛み砕く音が漏れてきた。
私は約束に従い、すぐさま両手で耳を塞ぐ。
しかし、私は過ちを犯した。
興味本位が勝り、約束を反故にする。
見てはいけぬ扉の中を覗き見てしまう。

沙理奈が無事に三途の川を渡っている。
その光景に私は安堵した。
だが、邪鬼に見つかった。
「お前は何を見た～。ア～、何をダァ～。
生身の人間のくせに、小賢しいヤツだ！」
邪鬼のしゃがれ声に、身の毛が逆立つ。
《しまったぁ。やばい、やばい……》
その場に両脚が固まって動けない。
次の瞬間、邪鬼の腕が伸びる。
異様な臭いと血に染まる腕が、
私の両脚を摑む。
だが、奇妙なことに摑まれた感触がない。
さらに、冷えた風が肌を撫でる感覚だ。
それでも、摑まれた両脚が自由にならない。
両脚が、徐々に扉の中へ引き込まれ、
扉の陰に入ると鋭い痛みを味わう。
《あ～、もうダメだ。悔しいなぁ》
沙理奈の忠告を無視したことが、

無性に腹立たしく後悔する。

《沙理奈、ごめん。あ～ぁ、もう、食われてしまう》

抵抗できない私は諦め、目を閉じる。

その瞬時、摑まれた感触が消え、背後から私の肩を軽く触れた。

「えっ、何？　だれ？」

怖々と後ろを振り向き、見上げる。

立っていたのは、見知らぬ僧侶だった。

そして、にこやかに語る。

「間に合って良かった。ギリギリでしたね」

私は立ち上がり、礼を伝える。

「助かりました。でも、なぜこちらへ……」

僧侶が委細を説明した。

岩崎翁が縁のある僧侶のお寺に、邪鬼払いを依頼する。

その木札を持った僧侶が、翁の代わりに駆けつけてくれた。

危険な状態に陥った私を見つける。
すぐさま、邪鬼払いの木札を、
扉の中へ投げ入れたと、語った。
「危ない状況でした。本当に感謝します」
「ところで、無事に会えたのかな？」
「はい、沙理奈さんを無事に彼岸へ送れました。
岩崎さんに、よろしくお伝えください」
「それは良かった。これで成仏できますな」
僧侶が経文を唱え、お堂の扉を封印。
沈む夕日を背に、岬から離れた。
浜辺に下り、岬のお堂を振り返る。
《沙理奈さん、必ず伝えますね》
結果、何も解明できずに終わった。
しかし、たとえ一瞬だとしても、
冥府の世界を垣間見た。
岬から吹く風に、侘しさが残る。
それにしても、
越後の海は変わらず好きだ。

これからも岬を訪ねるであろう。
そして、必ず参堂するつもりだ。

三話　浸潤の香気

週末の金曜日、
手間取る残業に帰宅が遅くなる。
辛うじて終電前の車両に乗れた。
この時間帯だけの情景が始まる。
大方の乗客が疲れた体を座席に任せ、
両脚を投げ出す。
そして、自身の殻に閉じこもる。
車両が動けば、見知らぬ同士肩を寄せ、
互いに素知らぬ顔で眠り続ける。
この不思議で愉快な時間帯が、
私は妙に好きであった。

私が降りる駅は終着駅三つ手前だ。
社宅は駅に近く、恵まれた環境である。

武蔵野の自然に囲まれ、心が安らぐ。

数日前から、ある女性が目に留まる。
私の駅に近づくと、片側の席から私と対峙。
時折、目を合わせるが素知らぬ素振り。
やはり、この日も片側の正面に座り、
私を窺っている。
敢えて気を散らし、係わり合いを避けた。
そのまま車両から降り、社宅へ帰る。
その後、しばらく会うこともなく、
私も深く考えずに過ごした。

数日後、
《おや、いつの間に……》
片側の席に、例の女性が座っていた。
端正な身なりの美しい人。と気付く。
時折、互いの視線が絡まる。
そして、その人が恥じらう。

《行きずりの恋？かも……》

私の心が揺らぐ。

《恋かぁ〜、そんな時もあったなぁ〜》

若き日の初恋を、思い起こす。

《いや、もう諦めねば……》

チャイムの音と共に車内アナウンス。

次は私が降りる駅だ。

席を立ち、ドアへ向かう。

自然を装い、そっと振り返る。

《あれ、いない。どこへ……》

前後のドアを確認するも、姿を見失う。

ホームに降り、走り去る電車を眺める。

《えっ！　車内にいるじゃないか》

女性は車内の同じ席に座ったままだ。

視線が絡む。と同時に、

私の背筋に思い当たる感覚が走った。

《冥府の女性？　あ〜ぁ、見抜けなかった》

女性の面影を思い浮かべ、改札口を出る。

雑木林から軽やかな虫の声が、鳴り響く。
《もう秋風だな……》
秋の軽やかな風が私をなする。
思わず周囲を見渡すも、気配がない。
それでも、女性の思惑を確信した。

翌日の土曜日。

半日出勤のため、午後の社内は閑散とする。

好きな紅茶を買いに、階下の自販機へ行く。

「大河内係長、お疲れ様です」

昨年入社した若月が、元気な声で挨拶。

「やあ、相変わらず元気でいいね」

「あっ、すいません……」

申し訳なさそうに、ぺこりと頭を下げる。

「謝ることないさ。あれ、帰らないの？」

「急に課長から呼ばれ、カバン持ちです」

若月は営業課長と出掛けた。

私はフロアに戻り、仕事を続ける。

が、なかなか集中できない。
理由は自ずと承知している。
昨晩の女性が集中を妨げているからだ。
さっさと書類を片付け、退社した。
特に、何かを意図する彼女の眼差しだ。
そして、あの明白な感覚である。
突然訪れた感覚は、
緊急な冥府の知らせに違いない。

通い慣れた池袋駅の改札口。
いつものホーム、いつもの車両に座る。
心地よい揺れに、寝不足が睡魔を誘う。
「ほら、あなたが降りる駅よ。
さあ、目を覚まさないと……」
突然の声に目を覚ます。
周囲の乗客は無関心に座ったままだ。
あの女性に間違いない。と思うが、
考えてみれば、実際の声を知らない。

結局、会えなかった。

その後も会えず、既に三日が過ぎる。
《あの日は、偶然の出会い……なのか？
それだけのことか。思い違いだろうか》
愚問愚答を繰り返すほど、
彼女との再会に深く入り込む。
最初の出会いが終電前と思い出す。
それならばと、敢えて終電前に合わせた。
だが、それでも会うこと叶わず。

金曜日の夜、
緊急会議で遅くなり、終電前の車両に乗る。
隅に腰掛ける女性を、素早く探し当てた。
平静を装い、厚かましく正面の席を選ぶ。
長い髪を丁寧に纏め和服が似合う姿に、
私の煩悩が焼き尽くされそうだ。
女性が、不意に席を離れ扉の間へ行く。

次は、私が降りる駅だ。

慌てて立ち上がり、彼女の後ろに並ぶ。

やはり、まったく存在感が得られない。

《沙理奈と同じ感覚だ。間違いない》

戸惑う私の鼻に、珍しい香りが漂う。

《あっ、いい匂いだ。この香りは？》

車両が止まり、扉が開く。

外の風が車内に舞い込んだ。

それでも、その香りは鼻腔に残る。

下車してもホームに立ち止まる女性。

しばし動かなかった。

私も、動かずに待った。

下車の人波は流れ、二人だけになる。

ようやく改札口を抜け、駅前に出た。

と、思いきや私はあ然とする。

いつもの見慣れた駅前ではない。

全くもって見知らぬ殺風景な光景だ。

薄紫色の雲に覆われ、赤茶けた荒れ野。

後方に、奇怪な岩山がそそり立つ。

私は振り向き、駅名を確かめた。

やはり、馴染みの駅前である。

目の前の異様な光景に、言葉を失う。

「おほほ……」

いきなり、女性が笑う。

次に、鋭い眼差しが私を捕らえる。

「あわっ、……」

「何を、驚かれているの？　これで、ようやくお話ができるわね」

「あ、あのう……、これはいったい？」

「後ろが、あなたの世界。こちらは、私の世界なのよ」

前に広がる荒涼たる原野。

《これが、彼女の世界？

お堂で見た冥府とは、異なる世界だ》

「どう、解釈したら良いのか、理解できません。それに、あなたは？」

彼女が近づく。香りが私を包む。

「あなたが、大河内晋介さんね。

やっと、会うことができたわ」

吐息と共に、私の耳元にささめく。

「ど、どうして？　私の名を……」

耳に触れる慣れない吐息である。

一瞬の困惑に、脳髄が砕け散る。

「あなたに、助けて頂きたいの……」

間近に迫る美しい顔。

その表情から、切々と緊張感が伝わる。

「えっ、私があなたを助ける？」

「そうよ。あなたの力が必要なの。

だから、助けて……」

「助ける？　私は平凡な人間ですよ」

「いいえ、私と会話すること自体が、

証明しているでしょう」

確かに、言われる通りだ。

美佐江や沙理奈の奇妙な夢や体験は、

通常の感覚では経験できないことだ。
この出会いも、授かる能力が要因なのか。
今の私には信じがたい、ことである。
そのうえ、能力の許容が不明確であり、
未だに半信半疑の状況でもある。
「失礼ですが、あなたは？」
「ごめんなさいね。千代と申します。
私は冥府の者です」
推測通りだった。
ただ、美佐江と沙理奈とは、
非常に異なる展開である。
「では、私が立っている場所は、
あの世との境界線ですか？」
「そうよ。だから中に踏み込まないでね。
邪鬼が、狙っているから」
その言葉に、完全な拒絶反応が現れる。
薄気味悪いヤツだ。鳥肌が立つ。
「あ～、困った。嫌な言葉です」

「うふふ……、困ることないわ。
あなたは、双方を繋ぎとめる救世主よ。
だから、必ずお守りしますわ」
「え～、救世主。私が？」
千代の言葉に惑乱する。
「もう、時間が無いわ。次の金曜日に、
詳細を説明しますね。特に、ジンコウを」
「もう、時間が無いって、またかよぉ～。
ん？　ジンコウって？　あっ！」
眩い光線が瞬時に目を奪う。
しばらくの間、目の前が真っ暗だ。
徐々に明るくなり、いつもの駅前に戻る。

翌日の朝、疲れが抜けない。
ベッドに横たわり、昨晩の出来事を考える。
《冥府が暗闇と考えていたのに、思いの外、
見渡すことができた。その上、
殺伐とした風景をじっくり観察した》

彼女が言い残した言葉を思い出す。
《確か、ジンコウと言ったはずだ。
あれは、なんの意味なんだろう》
起き上がり、早速ネットで検索する。
すると、香木の沈香と判明した。

【沈香の歴史は古く、
六世紀前半、仏教伝来と共に渡来。
以来、宮中では常に焚かれ親しまれた。
沈香は、東南アジアの原生林に多く、
ジンチョウゲ科の常緑高木である。
自然倒木後、土中に長期間埋もれ、
特殊な樹脂を作り出す。
特に伽羅（きゃら）と呼ばれるものが、
珍重扱いされる。
奈良の正倉院に、全浅香と黄熱香が奉納。
現在、国際条約上で輸出入を禁止扱い。
ただ、愛好者ネット・オークションでは、

高価格で取引されている】

《それにしても、千代と名のる女性は、何者なんだ？　助ける？　何から？》

次の金曜日に会うまで、疑問だらけだ。

東都大の福沢准教授に相談すべきか迷う。

しかし、他に事情を漏らしたことが、千代に知られ災いを招くかも知れない。

しばらく様子を見てからでも、遅くはないだろう。と考え至る。

約束の金曜日。

出勤しても、仕事が疎かである。

不審に思う若月が、声を掛けた。

「係長。一緒に昼食しませんか？」

「ああ、そうだな。そうしようか……」

会社に近い和食専門店へ行く。

二人共に、天婦羅定食を注文する。

若月が気を遣う。本心が見え見えだ。

私が、口直しの煎茶を飲むのを見定め、
箸枕に箸を揃え、唐突に口を開く若月。

「係長！　何を悩んでいるのですか？」

食卓越しに私を直視した。

迷った挙句、彼に真実を打ち明ける。

やはり、彼の心は混乱し考えあぐむ。

奇妙で現実味のない内容だから、当然だ。

「本気で考えることはないさ、
全て私の問題だから……」

彼にすれば、真剣に考えることではない。

半信半疑な思いであろう。

「私にとっては、いつものことさ……」

「えっ、いつものことって……」

「ああ、そうだよ」

私の体験を、大まかに説明する。

彼の表情が一変した。

「この世の中、不可解な事象が多過ぎます。

それも、圧倒的だと思いませんか？
大勢の人は、まともに係わるのを嫌う。
夢は幻と思い、現実から切り離す。
それが常識ではありませんか？
ですが、係長はその事象を身近に体験した。
私には、とても信じられません」
「確かに、私も信じられなかった」
美佐江の化身。今でも信じられない。
その上、岬の出来事もそうである。
若月は、会社まで一言も話さない。
彼なりに、様々なことを考えているのだろう。
会社に戻り、エレベーターの前で待つ。
降りてくる数字を、無意識に眺める二人。
若月が、顔を間近に寄せる。私は焦った。
「なんだよ、顔が近過ぎるぞ」
「つい、思い出したので……。
実は、祖父が持っていますよ」
「えっ、思い出したって、なにを？」

「はい、祖父が沈香を持っています」

「おいおい、早く言えよ。

そんな大事なことを。でも、助かるよ」

「だって、あの世や邪鬼の話が、

気になって……。うっかりしていました」

扉が開き中に入る。

幸いにも、エレベーター内は二人だけである。

「それは、間違いないか？」

「ええ、祖父は香木の収集が趣味でした。

小さい頃、匂いを嗅がされた記憶が……」

「そうか、それでは、拝見できるかな？」

「はい、今日中に確認します」

退社時に、若月が私の所へやって来た。

「機嫌が良さそうだな。彼女とデートか？」

「誤解しないでください。例の香木ですよ」

「ああ、そのことか……。それで……」

「はい、いつでも構わないそうです」

「それは、良かった。ありがとう。でも、今夜の結果次第によっては……」

若月が急に眉を寄せ、真剣な表情を見せる。

そして、体を九十度に折り曲げた。

何が起きたのかと、私は驚き身を引く。

「あの〜、今夜〜、同行させてください。是非、是非、お願いします」

しきりに懇願する若月だが、私は戸惑う。

何故なら、彼女の心情が摑めない。

現世の者を素直に受け入れるか、私は不安を抱くからだ。

「ハッキリ言うけど、冥府は危険な世界だ。ましてや、相手は生身の人間ではない。了承しなければ、君の身が心配だ」

「無理を承知で、頼んだのは僕です。全責任を自分が負います」

「そこまで決心するなら、致し方ない」

結果的に、彼の同行を許す。だが、

決して口外しないと、固く約束させた。

その後、一緒に退社。

池袋で軽い夕食を済ませ、
予定の車両に乗る。

若月は無口になり、
私も敢えて話し掛けなかった。

車輪と車両の軋む音が、
二人を更に寡黙にさせる。

「係長、次の駅ですよね」

「ああ、そうだ……」

私は前を見据えたまま、
気の無い素振りで答えた。

「まだ、現れませんか？」

「いや、もういるよ」

「え、えっ！　ど、どこですか？」

彼が目を見開き、周囲を見渡す。

視線を前に向けたまま、私は答えた。

「向かいの席に座り、

こっちを見つめているよ」

彼には、何も見られない。

「係長、ウソを言わないでください。

女性なんて座っていませんよ」

浅黄染めの和服がとても似合う、

本当に魅力的な千代であった。

右袖口を左手で軽く押さえ、

右手を細やかに振る面映い仕草である。

私も、それに応じた。

若月が唖然とした面持ちで、

私の動作を半信半疑で眺める。

私が席を立ち、車両のドアへ向かう。

面食らう若月が、急ぎ私に従った。

千代が先に降り、私と若月が後を追う。

改札口の手前で足を止め、

乗客がいなくなるのを待った。

「係長、その人は本当にいますよね？」

「ああ、いるさ。美しい人だよ」

千代の後ろ姿を見ながら、小声で伝えた。

「あ～、羨ましいな。早く会いたいです」

ホームには、私たちだけになった。

若月を待たせ、千代に近寄る。

「やあ、どうも……」

「待ちなさい！　あの若い人は？

なぜ、ここにいるの？」

若月を不審に思い、私を咎める。

「実は、私の部下で……」

彼の率直な心意気を伝え、
いずれ私の補佐となり必ず役に立つ。

特に、沈香の手配を強調した。

「それは、誠なの？　素晴らしいことだわ」

承諾すると、千代が若月に近づく。

彼は警戒もせず、前方を見つめたままだ。

すると、千代が両手を掲げ、
若月の頭上で両手の平を叩いた。

彼の顔が強張り、目の前の女性を認める。

「アッ、エ〜ェ……」

千代をまじまじと見つめ、

突拍子もない悲鳴を上げた。

「おほほ……、私のような亡霊に、

初めてお目にかかる。でしょうね。

驚くのは当然でしょう。ほほ……」

「若月！　現実だよ。どう、信じたか？」

私の声に、我を取り戻す若月だった。

「は、はい。現実です。確かに現実です。

それに、本当に美しい人ですね」

「うふふ……、無邪気な若者ね」

若月が、調子に乗り余計なことを口走る。

「千代さんなら、全然怖くないよ。

想像より楽な世界ですね」

その言葉に反応した千代が、

醜い邪鬼に変貌した。そして、彼をなぶる。

「おまえ〜、冥府を甘く考えると、

ただでは済まないぞ〜。よいなぁ」

「ひゃ〜、助けてぇ〜、ごめんなさ〜ぃ」

邪鬼の姿に、彼がなりふり構わず怯える。

元の姿に戻った千代は、素知らぬ表情。

「若月、もう大丈夫だから、

余計なことを言わず、黙って控えること」

項垂れ、静かに頷く若月だった。

改札口を通り、駅前に出る。

私たちは、千代に導かれるまま、

駅から離れた雑木林へ向かう。

人の気配もなく、寂然とした場所だ。

周囲の木々がザワザワと揺れ、

空が薄紫色に染まる。

目の前に、荒涼とした果てしない原野。

その様を眺め、私たちは緊張で硬直した。

しばらくすると、小高い丘を横切り、

周囲を警戒しながら一人の婦人が現れる。

屈強な護衛数人に囲まれていた。

千代が近づき、恭しくお辞儀をする。

《えっ、千代が敬う女性とは？

一体、何様なのだろうか？》

千代が振り向き、私を手招く。

「若月、絶対に境界線の中へ入るなよ」

「はい、はい、了解です」

彼は渋々と足元を確認する。

「この者が、大河内晋介です」

紹介された私は、婦人に近づく。

容姿端麗でおすべらかしの髪型。

ただならぬ品格を感じた。

私は、無意識に畏まる。

「千代のため、よしなに……、頼み入る」

心地よい声が、私の耳に響く。

どのように答えるべきか、戸惑う。

「あの……」

「余計な口出しは、控えなさい！」

高飛車な千代の言動に、ムッとする。

「さあ、境界線へ戻りなさい」

昔の風儀と解釈し、私は平静を保つ。

黙礼し、元の境界線へ引き返した。

振り返ると、婦人の姿は既にない。

「若月、あの婦人はどこへ行った？」

「忽然と消えました。もう、驚きですよ」

釈然としない私の元へ、千代がやって来た。

改まるように、詫びを伝える。

「気分を害されたこと、謝りますわ」

「いいえ、時代が異なる方でしょう。

それを、理解しなかった私が悪いです」

「そう、助かりました。とても感謝します」

千代が丁寧に頭を下げる。

「あの方は、この時代の人に会うこと、
慣れていませんから……」

若月が畏まりながら尋ねる。

「あの〜、お伺いしても宜しいですか？」

「宜しいわ。何を、知りたいの？」

「では。あの方は、どなたでしょうか？」

私も興味を抱いていた。
「そうそう、私も知りたかった。
近くに寄り、高貴な品格を感じました」
千代はにこやかに頷き、説明する。
「心得ましたわ。それは、
私が仕えた貴人の内室なの」
意外な内容に、若月は驚く。
もちろん、私も驚いた。
「えっ、貴人？　内室？
何それ？　誰？　いつの？」
堰を切るように、質問を繰り返す。
「安土桃山時代から江戸幕府の初期まで、
私は宮中の女官として仕えていた」
信じられぬ思いで、千代の話を聞く。
「位は典侍(ないしのすけ)なの」
「それは、高位の女官ですか？」
若月が、興味津々に質問する。
「宮中の女官では、

尚侍(ないしのかみ)の次ね。

ですから、二番目のお役目です。

皇室のお世話をする立場よ。でも……」

千代が言葉を濁し、肩を落とした。

そして、苦渋の表情を浮かべる。

「どうしたのですか？」

「これから話すことが、

今回の助けて欲しい理由なの」

その時、若月が私の肩を小突く。

「ちょっ、ちょっと待って！」

「なんだよ？」

「あそこ、あそこで、何かが動いた」

示す方向に目をやると、微かに動く。

千代が気付き、声を張り上げた。

「早く、境界線から離れなさい！

邪鬼の群れだわ。私たちを狙っている」

その言葉に、脳裏を掠める邪鬼の姿。

背筋に悪寒が走り、鳥肌が立つ。

「冥府を閉じるから、さあ、離れなさい！」

千代の指示に従い、境界線の外へ退く。

同時に、閃光が放たれた。

「……」

目が眩み、呆然と立ち尽くす。

「ア、ハハハ、若月、その顔はなんだ？」

目の前の出来事に心が弾ける若月。

「あ〜、もう心臓がバクバクですよ」

必死に顔を擦り、気を落ち着かせた。

ようやく、雑木林に静けさが戻る。

千代が望む内容を、改めて聞くことに。

「それで、求めている私の救いとは、どんなことでしょうか？」

千代は頷き、おもむろに語り始める。

「事の発端は、江戸の幕府による鎖国政策。鎖国のこと、既にご存じでしょう。明や朝鮮から入手していた沈香が、その政策によって、入手困難になった。

でも、僅かな量だけど、入手できたわ。
それが、いつの間にか幕府側へ流れ、
宮中には微々たる量の粗悪品……」
二人は、隔たる歴史の流れに耳を澄ます。
彼女は憤懣たる思いで、語り続ける。
「上皇が皇霊殿の厳かな儀式に、
しかるべき伽羅を所望されたの。
宮廷は苦肉の策に考慮の余地はなく、
奈良正倉院に奉納の伽羅を手配する。
そして、密かに削ることを私に任せた。
それを、下級舎人（とねり）の権助が、
褒美欲しさに幕府の役人へ密告する。
私は捕らえられ、拷問を宣告されたわ。
この時代の拷問は、卑劣で屈辱的な刑罰。
婦女子にとっては、耐えがたい拷問よ。
私は獄中で、恐怖に怯えていたわ」
千代は、悔しさと悲しみを露骨に表した。
意外な真実を明かされ、心が沈む。

「でも、宮廷と幕府の間で密約が交わされた。
私は、大事なおすべらかしの髪を切り、
白装束に着替える。
屈辱的な拷問を免れ、
承知の上で毒薬を飲んだわ。
外部には、己を戒め自害したと扱われた。
ただ、密告の権助は刑部省が取扱い、
厳しい処罰が下され、斬首刑となった。
この案件を、宮廷と幕府は外部に漏らさず、
闇に葬る形で処理した訳ね」
「……」
「……」
私と若月は、無言で耳を傾けるしかない。
「ここからが問題なの。
私は納得の上で、毒薬を飲みました。
されど、斬首刑の権助にすれば、
承知できぬ仕打ちだと、不服に思う。
地獄の邪鬼となった権助は、

気が治まらず私に恨みを向けた。
八つ裂きにすべく私を狙う」
彼女の無念と恐怖を、私が救えるのか。
ましてや、悪霊が乗り移る邪鬼の権助だ。
救える手立てが、私には思い浮かばない。
「千代さん、助ける術は考えられません」
「そのことは、内室から教示を頂いたわ。
冥府では、沈香の香りが唯一のお守り。
高価な伽羅でなく、普通の沈香で良いの。
その香りを身にまとえば、
怨念の邪鬼権助から逃れられるわ。
大河内さん、沈香を探してください。
是非、是非、お願いします！」

千代が深く頭を下げ、強く懇願する。

その願いに、私は隣の若月を窺う。

ところが、気の抜けたような顔だ。

「若月、どうした？」

「ん～、いえ、なにも……」

彼は、もごもごと口を動かす。

「千代さん、やはり、彼は役に立ちますよ」

「ええ、そうです。お役に立ちます。

祖父が、多少の沈香を持っています。

必ず、祖父から手に入れますから……」

「それは誠かしら？　期待して宜しいの？」

「はい、任してください」

彼女の喜び、まるで天女の笑顔だ。

「はい、次の金曜日に必ず渡せるよう、
これから手配します。安心してください」

「感謝します。でも、少し気になることが。

私の願いを聞くと、権助に命を狙われるの。

だから、十分に注意をしてね」

若月のショックは計り知れない。

見る間に、彼の顔が蒼白となった。

「え～、ウソだぁ～。そんな、バカな」

「いいえ、本当のことよ。でも、

心配なさらないで、宜しいわ。

内室の指示で、御所から各々の寺社宛へ、
権助の動向を探る触れ状が送られたの。

危険と察すれば、すぐに報告してくるはず。

さらに、刑部省の屈強な護衛官が、
あなた方をしっかり警護するわ」

千代の言葉を信じるしかない。

私は幾多の経験から肝を据える。

若月は過剰なほど落ち込む。

「危険を回避する力は、私より勝っている。

だから、大丈夫だよ」

「そんなこと、有り得ない。ですよ〜」

「さあ、千代さんのために頑張れ」

「あ〜、はい。頑張るしかない。ですね」

千代が丁寧に応じ、冥府の世へ去った。

駅の明かりも消え、かなり遅くなる。

「若月、社宅に泊まりなさい」

翌土曜日、二人揃って出社。

昼食後に若月の祖父を訪ねる。

新宿から小田急線で秦野市へ向かう。

秦野駅に、祖父が出迎えた。

車で十五分ほどの震生湖の近く。

丹沢の山並みが望める静かな住まいだ。

「突然の訪問、誠に恐縮します」

「いえいえ、こちらこそ。

涼太が大変お世話になっており……。

毎日が日曜日の暇な老人ですから、
いつでもお越しください」

奥から若月の祖母がお茶を運んできた。

「大河内です。大変お世話になります」

「ごゆっくり、どうぞ。涼ちゃんもね」

「ありがとう、ばあちゃん……。

じいちゃん！　もう挨拶はいいから、
例の沈香を見せてよ」

「そうだな。どれどれ……」

沈香をテーブルの上に広げると、
既に削った沈香を小皿で焚く。
ゆらゆらと煙が立ち上がり、
芳しい香りが室内に広がった。
《そう、これだ。千代の不思議な香り》
「これは、心を魅了する香りですね」
「ワシも、この香りを知ってから、
早々と虜になってしまった」
大小様々な形の沈香が並ぶ。
祖父が収集の経緯を説明している間に、
若月が書棚から古い書物を持ち出す。
「係長、面白いことが載っていますよ」
「え、なにが?」
「前に来た時、偶然に読んだものですが、
今回と類似の内容が載っています」
私は、数ページほど素読した。
確かに千代の話と合致する。
正に、怨霊の舎人は権助に違いない。

参考になったのは、怨霊の結末である。
「時に、涼太から沈香が欲しいと……」
「はい、ある女性を救うために、
どうしても必要なんです」
理解するか疑問だったが、
私は率直に打ち明ける。
気難しい表情で聞く祖父が、
急に笑い出した。
「ワッ、ハハ……。これは失礼した。
よもや、そんなことは無いと……。
アハハ……、本当に……驚いたよ」
怪訝そうな若月が、私と顔を見合わせる。
「実は、ワシも同じ経験をしたんじゃ」
「えっ、じいちゃんも会ったの？」
「ただ、ワシは恐ろしくなって、
途中で逃げ出したのさ。
フフ……、それからは、フフ……、
夜の電車は極力避けて乗った。

そして、知り合いの住職に頼んで、
お祓いをしてもらったよ。

それからは、お守り袋を肌身離さずに、
持ち歩いておる。

フフ……、孫の涼太までが経験するとは、
摩訶不思議な因縁じゃ。ハハハ……」

笑う理由が判明し、一緒に大笑いした。

「好きなだけ使って、助けてやりなさい」

「じいちゃん、ありがとう……」

「感謝します。権助に十分な注意を……」

「ああ、了解したよ。ありがとう」

先ほどの書物に書かれていた内容を、
改めて思い出し説明する。

「あれに書いてあった、邪鬼の対応ですが……」

若月と祖父が、耳を傾ける。

「教王護国寺（東寺）の不動明と般若心経。

これで、権助の悪を絶ち仏道へ導くこと」

「そうそう、確かに、いいアイデアじゃ……」

祖父は理解し納得する。

だが、若月が頑なに首を振る。

「え～、権助は怨念の邪鬼だよ。絶対に無理、無理だよ」

意地でも認めたくないようだ。

「恐らくダメだよ。むしろ、嫌がるはずだ」

「涼太、大河内さんは、それを狙っている。やつらの嫌がることをすれば、必ず身を引くことになる」

祖父の説得に、ようやく受け入れる。

「わかったよ、じいちゃん……」

「これも、役に立つから持って行きなさい」

沈香を削った匂い袋だ。お守りである。


夕食を済ませ、早めに東京へ戻る。

小田急線の車内で、今後の対応を練った。

「今後は冷酷な邪鬼が、常に狙うだろう。心に隙を与えてはいけない。要注意だ」

「本当に？　嫌だなぁ……」
恐れを抱く若月は、心が定まらない。
そわそわと、周囲を見渡す。
「この一週間だ。渡すまで、注意を怠るな。
般若心経を習得すれば、冷静に対応できる。
しっかり唱えることだ」
「全部暗記するなんて、無理です」
彼の意固地には、つくづく呆れる。
「わかった、肝心な部分だけでいい……。
カンジザイボサツ　ギョウジン
ハンニャハラ　ミッタジ。
これが、最初の部分だ。
それから、ソクセツシュワツ
ギャテイギャテイハラギャテイ
ハラソウギャテイ　ボウジ　ソワカ
ハンニャシンギョウ……」
若月は神妙に聞いていたが、頭を抱える。
「わぁ〜、こりゃ大変だ。どうしよう。

でも、でも、絶対に頑張ります」

「そうだよ。自分の身を守るためだ。あの耳無し芳一も、般若心経で守られた。と言う話だ」


月曜日の朝。

出社すると、顔面蒼白な若月に出会う。

「ん？　具合でも悪いのか？」

「実は……」

昨夜の就寝前、奇妙な感覚に支配された。

突然、奇怪な呻き声が響く。

早速、ダウンロードした般若心経を流す。

流れている間、嫌な呻き声は静まる。

止めると、再び地獄の底から呻く。

それが明け方まで続いた。と言う。

「これじゃぁ〜、体が持たないよ〜」

《やはり、動いてきたな。相当に焦っている。早々に準備を進めなければ……》

「金曜日までだ。弱みを見せたら、
奴らの思うつぼだ。いいね」
ところが、次の晩は静かに過ごせたらしい。
私にすれば、却って嫌な予感がする。
権助の憤怒にも、必ず限界があるはずだ。
「若月、今晩から私の家に泊まりなさい！」
今夜か明日の晩が、危険な予感がする。
たとえ権助でも、他の邪鬼の勝手な行動を、
そう簡単に抑えることはできまい。
それならば、二人の方が安全に対処できる。
と考えたからだ。
「はい、了解です」
「しかし、飽くまでも仮定に過ぎない。
奴らが、どんな手段で襲ってくるか、
私にも予測できないからな」
その日は、久々に遅くまで残業する。
二人は最終前の電車で帰宅した。

静かな車内が下車駅に近づくと、ただならぬ気配が強く漂う。
視線を前に置き、そっと若月に伝える。
「用心しろ。周りを見るな」
「えっ、もう現れた？　本当ですか？」
耐えきれず、体を震わせる若月。
私も緊張した。喉がヒリヒリと渇く。
やはり、車両の前後に邪鬼が現れる。
裂けた口から赤い涎を垂らし、卑しい笑いを見せる。
その瞬間、邪鬼の群れが怯んだ。
「若月、安心しても大丈夫だ。
前の席に護衛官が見張っているよ」
「え、どこ、どこに……」
「おいおい、冷静になって前を見ろよ。
千代から授かった能力を使えよ」
瞼を閉じ、心を穏やかにする若月。
そして、再び瞼を開く。

「見えました。あ〜、良かった〜」

守り人の警護官が会釈する。黙礼で返す。

電車から降り、改札口を抜け駅前に出る。

屈強な警護官に見守られ、家に帰れた。


すべての照明を点け、沈香を焚く。

香りが家中に漂う。

《あ〜、良い香りだ。これで、邪鬼も嫌がる》

「係長、夜食ができましたよ」

彼のラーメンは、意外においしかった。

雑談中に、照明が不規則に点滅する。

さらに、外の風が吹き荒れ家屋を揺らす。

私と若月は、黙視で合図を交わした。

窓の外から、邪鬼の不気味な唸り声。

「若月、動揺するな。平然と構えろ」

「は、はい、了解です。ふ〜ぅ……」

邪鬼の赤い目が瞬き、
カーテンの隙間から虎視眈々と窺う。

すると、一瞬のできごとだった。
窺う邪鬼の視線に、若月の眼が絡まる。
その鋭い邪鬼の眼差しに、
彼の体が引き寄せられてゆく。
この危険な状況に、前もって用意した
不動明王の像を、邪鬼目がけ掲げる。
「グルグル、グゥ、グワォ～」
案の定、露骨に唸り声を上げ、
窓際から引き下がる邪鬼の姿。
「大丈夫か？　若月……」
「あ～、つい、邪鬼の目を見てしまった」
外からバリバリと、怒り狂う邪鬼が
何かを引き裂く大きな音であろう。
風が穏やかになり、照明も元に戻った。

翌朝、家の周囲を確認する。
街路樹の幹に邪鬼の爪痕があった。
他にも生々しい痕跡が、残されている。

邪鬼の恐ろしさを再確認した。

金曜日までは、内心穏やかではなかった。しかし、守り人の庇護とお守り袋によって、約束の金曜日を無事に迎えることができた。


その当日、朝から仕事に追われ、却って恐れを抱かずに済んだ。帰宅時になり、ようやく神経が張り詰める。

「係長、朝から心臓がバクバクでしたよ」

「アハハ……、弱気になってどうする。これからが大一番だ。最後まで気を抜くな」

約束の刻限まで、洒落たレストランを選ぶ。ただ、冷静に過ごせず、料理がお座なりだ。予定の時刻が迫り、池袋駅へ向かう。いつもの車両に乗る。いつもの席に着く。降車駅に近づくと、感覚が研ぎ澄まされる。やはり、邪鬼の気配を感じた。

それも想像を超える数の邪鬼だ。

若月も、体を強張らせ察したようだ。

共に、心中穏やかでない。

「係長、横を見てください」

若月の示す右横を、素早く見た。

警護官数人が、周囲の邪鬼を威嚇する。

「あ～、助かった……」

前方の席から、安らかな情感が伝わる。

見定めると、千代の姿が確認できた。

私は安堵し、若月に知らせる。

何を思ったのか、彼が千代に近づく。

私は慌てて、彼を制止させた。

「安易に近づくな！　警護官に殺されるぞ」

案の定、険しい表情で腰の刀に触れる。

千代が軽く手を振り、警護官を引き留めた。

彼は席へ戻り、千代に黙礼する。千代も頷く。

駅に到着した。邪鬼の群れがざわつく。

「さあ、私から離れず、安らかに歩くのよ」

千代が、穏やかに促す。

「周りを囲む邪鬼が、いつ襲うか心配です」

若月は周囲の気配に心細く、弱気だ。

「安心なさい。あの者たちは勝手に動けない。この世では襲えず、単に脅すだけよ。ただ、権助が襲う力を与えたか、私には、承知できません……」

確かに、ただ唸るだけだ。襲う気配はない。

雑木林の中ほど、光景が一変する。

屈強の守護職に囲まれる内室が現れた。

薄地の衣で顔を隠している。

千代を介在し、言葉少なく述べた。

「懇情、痛み入る。さて、例の物は……」

私は黙礼し、内ポケットの沈香を差し出す。

「まあ、嬉しい……」

千代が感嘆の声を漏らす。

そして、内室へ恭しく掲げる。

「約束を果たされ、心より感謝申します」

内室と千代が、深々と頭を下げた。

守護職に守られ、内室は場から立ち去る。

遠巻きに傍観していた邪鬼が、

憎々しい叫びを響かせた。

「よくも渡したな〜。絶対に許さんぞ〜」

恐らく、怨念の権助であろう。

若月と私は、その叫びに怯む。

「千代さん。権助は改心しますかね？」

「ええ、改心すれば黄泉の国へ行けると、

内室が哀れみ諭しました。

でも、権助は受け入れず、残念なことね」

複雑な笑みを浮かべる千代に、

私も虚しく思えた。

「そうですか……」

「大河内さん、それに若月さん。

これでお別れね。

ご恩は、決して忘れません。

どうか、御機嫌……よう……」

深く頭を下げる千代。

「ただ、この世を閉じる間際の一瞬が、とても危険な状況なの。この瞬間を狙う邪鬼の群れが、境界線内へ引き込もうと企み、近くの穴に潜んでいるわ。すぐに境界線から離れなさい」

閃光の前に地鳴りが響き渡り、体を左右に大きく揺さぶる。

若月が、境界線の中へ倒れ込んだ。

待ち構えていた邪鬼の群れが、彼を目がけ襲いかかる。

「若月！　大丈夫か？」

「はい！　ん？　やばいです～」

私は般若心経を唱え、赤い小箱を投げた。

予想を超える邪鬼の群れに、小箱は全く役立たない。呆れてしまう。

ところが、目を疑う光景が起きた。

転倒の若月が、赤い液体を撒き散らす。

先頭にいたのは、権助である。

若月を襲う瞬間、まともに浴びせられた。

あっという間に、仲間の餌食となる。

同時に、多勢の警護人が現れ修羅場と化す。

「若月、今だ！　外へ逃げろ！」

境界線の外へ逃れた瞬間、閃光が輝く。

あの世との境界線が閉じられた。

「係長、助かりましたね」

「ああ、助かったよ。ところで、赤い液は？」

「あれですか、係長が教えてくれたでしょう。

奴らは、赤い物を好む習性があるって……。

それで、トマト・ジュースにイクラを混ぜ、
ペットボトルに入れ持ち歩いていました」

「やはり、私より才能が勝っているよ」

雑木林に座り込み、夜空を見上げる。

雲ひとつ無い、美しい満月が眩き照らす。

千代の浸潤な香気が、爽やかな風に漂う。
その風が、二人の頬に触れる。
まるで温かく見守っているようだ。
雑木林の一角に、赤い光がユラユラと揺れる。
二人は知る由もない。
執念深い権助の眼であろうか。

四話　怨霊権助の執念

穏やかな温もりの日が続く。
冴えかえる冬の夜空。
満天に輝く眩い星の数々。
晴れ晴れしない私の心を和ませる。
非現実的な日々が終わった。
と、私は確信している。
しかし、妙に感覚が研ぎ澄まされ、
心許なく時を過ごす。
閉じる直前、権助が狙ったのは私でなく、
若月を標的にしていた。
沈香の恨みを彼だけに向けた。と言えよう。
それは紛れもない状況である。間違いない。
私の指示通り、若月が社宅へ越してきた。

光熱費だけで済み、小遣いが増えると満悦だ。十分な部屋数。互いの生活を侵すことなく、奇妙な共同生活が始まる。


久々に、東都大の福沢准教授から、昼食の誘いがあった。

銀座一丁目の和食店で落ち合う。

准教授が、個室を予約していたようだ。

「ご無沙汰です。落ち着いたお店ですね」

「そうでしょう。気に入られて良かった」

「ええ、気兼ねなく話せそうです」

雑談していると、食事が運ばれてくる。

「本日お誘いしたのは、興味深い話が……」

准教授が改まり、肝心な話を切り出す。

「実は、うちの学生が土地の人から依頼され、ある調査を行ってきました」

「調査とは、どんな内容ですか？」

「それは、道祖神に係わることです」

「道祖神？　それが私と関係あると……」
「はい、詳しく説明しますね」
群馬県高崎市倉渕の道祖神数体が、
不自然な形で破壊される。
人的ではなく動物的な破壊力だ。
それも根幹を越えるほどの力が、
もたらしたようだ。
破壊された道祖神すべてに、
大きな爪痕が残されている。
報告内容に、准教授が不審を抱き、
添付の写真を子細に観察した。
すると、あることに気付く。
そして、私に至ったという。
「その爪痕は、どんな形ですか？」
私が興味を示すと、ファイル・ケースから
数枚の写真を取り出し、食卓に並べた。
「これを、動物学専門家に見せましたが、
現在の地球上には存在しえない、

爪痕と解釈されました。

それで、もしや邪鬼の爪痕なら、大河内さんに確認して頂けるだろうと、考えた訳です」

私の記憶に残る忌まわしい爪痕だ。

数枚の写真と記憶を照らし合わせる。

「ん〜、確かに似ていますね。でも……」

邪鬼が結界を破り、道祖神に爪痕を残す。

そんなことは、絶対に有り得ない。

しかし、これと言った確信もない。

なぜか、嫌な予感が脳裏に障る。


福沢准教授が、私の顔色を窺う。

「大河内さん、不審なことでも……」

「特には……。いや、定かでは……」

あやふやな言葉を並べる私に、
福沢が訝しく感じているようだ。

私は仕方なく、仮説として伝える。

「実は、千代がこんなことを私に……」

権助が自らの能力を使い、結界を破る。その上、無能な邪鬼に新たな力を与え、この世で自由に行動させる。

それは、非常に危険なことだ。

状況によって、人を襲うこともあり得る。

「それは、事実ですか？　困りましたね」

「ええ、その可能性は否定できません」

無言で食事を続け、憶断を決めかねる。

「まあ、考え過ぎても始まりませんね」

福沢准教授の言葉に、やむなく頷いた。

「そうですね。ふ〜ぅ、まあ、いいかぁ」

別れ際に、倉渕へ行く日程を決める。

この件に若月の同行を勧めた。

「もちろん、参加してください」

約束の日曜日早朝。

関越高速道の三芳サービス・エリアで、

福沢准教授の一行八人と待ち合わせる。

車三台に分乗して、倉渕へ向かった。

私の車に准教授が同乗する。

面識のない若月を、私が紹介した。

「先生のお噂は、係長より承っております」

「いやいや、私の方こそ伺っておりますよ。ご活躍されている若月さんでしょう？」

「いえいえ、活躍だなんて……。今後とも、お願いします」

二人は、名刺を交換し打ち解けた。

「さあ、固い話は、そこまで……」

私が遮り、今後の予定を確認する。

若月が、匂い袋を福沢准教授に手渡す。

「これが、お守りの匂い袋ですね。とても良い香りだ」

若月は、学生たちの分まで用意していた。

「現地に着いたら、さっそく配ります」

「ところで、道祖神の知識が浅いので、

宜しければ教えて頂けますか？」
若月が尋ねると、快く歴史や由来を説明。

道祖神の信仰は古く、
平安時代から行われていた。
路傍の石造道祖神となったのは、
江戸時代の初期らしい。
今では全国に分布し、
特に多いのが長野県の山間部であり、
次に群馬県や神奈川県とされている。
道祖神は外来の疫病や悪霊を防ぐ目的で、
村境や小高い峠の道端に置かれた。
その後、道行く旅人の安全祈念とする。

説明の内容に、若月が首を傾げる。
「道祖神は、人々を守る目的ですよね。
今回の不可解な事象に、邪鬼が係わった。
となれば、とんでもない行為でしょう？」

「ええ、そうですね。でも、現実的には、不可能な行為と思われます」

准教授は否定も肯定もしない。

「若月、覚えているか？　千代が漏らしたこと。怨霊の権助が何らかの能力を活用し、下級邪鬼らに力を与えた。そして、冥府の外で破壊行為や殺傷をさせる。実際に街路樹の爪痕を確認したじゃないか」

「はい、確かに見ました」

「とにかく、倉渕の破壊された道祖神を見てから検討しましょう」

このままでは、埒が明かない。

私と若月は、准教授の意見に従う。


およそ昼近く、ようやく倉渕に到着。

倉渕支所の前に、地域の区長平田さんら、数名が真剣な面持ちで出迎えてくれた。

挨拶を交わした後、全員で現場へ向かう。

群馬県側の北軽井沢へ抜ける林道を走る。

小川沿いの道に地域住人が群がっていた。

車を脇に停め、集まる場所へ行く。

青のシートに道祖神が覆い隠されている。

学生たちが、丁寧にシートを外した。

「これは……、想像以上の爪痕じゃないか」

私は、目の前にして確信する。

「准教授、間違いなく邪鬼の爪痕ですよ」

「やはり、そうでしたか……」

蒼白な顔、肩が小刻みに震えている。

「若月、しっかりしろ。今から対策会議だ」

「いやいや、これは参った。あっ、はい」


その前に、破壊された道祖神を写真に収める。

学生たちは准教授に従い、詳細を書き込む。

倉渕支所へ戻り、用意されていた弁当を頂く。

食事しながら、確認事項を検討した。

内容を照合すると、不可解なことに気付く。

道祖神の顔面は、爪痕が残されていない。
「邪鬼でも、神様に恐れを抱く。本当かな？」
参加者全員が、その疑問に頷いた。
「ただ、破壊行為の意図が摑めない。
それが十分に解明されないと、
今後も安心して暮らせません」
「先生のおっしゃる通りかと。ですから、
今後の対応を、宜しくご指導を？」
元村長の川池さんが指示を仰ぐ。
その質問には、慎重に答えなければと、
私が代弁する。
「ここでは、軽はずみな言葉を控えます。
邪鬼は、恐らく人を襲うことは無い。
と思われます。
ただ、断言できないのが実情です。
数日の猶予を頂きたい。
安心して暮らせる策を考え、
出来る限り早く、お知らせします」

しばらく雑談が続く。

これと言った対策も得られず、

会議を終える前に、注意点を伝える。

夜の外出は可能な限り控えて頂き、

赤系の衣服や物を身に付けない。

その点を心掛けるようお願いした。

注意点に疑問を抱き、不満の声が出る。

「なぜ赤はダメなんだ？　急用で外に出る時は、どうしたらいいんだべか？」

その場が騒然となった。

「なぜなら、赤は邪鬼が最も好む色です。互いに奪い合うほど好みます。

私が、身を以て実際に体験しました。

邪鬼は、陽の光に弱く行動できません。

ですから、習性で闇夜に行動します。

唸り声を聞いたら、決して目を合わせず、経文を唱えてください。宜しいですね」

「えっ、お経？　暗記しておらんぞ」

「いやはや、困ったもんだべぇ」

「おめぇ、どうするべぇさ?」

「お寺さんに頼んでみんべぇ。なにか方法あるだべぇさ……」

私と准教授が頷く。

「ええ、そうですね。寺社のお札やお守りを、懐に忍ばせれば……」

「現状では、最も効果的かもしれませんよ」


私たちは、その場を引き上げ東京へ戻るが、車中では黙したまま考え込む。

突然、奇妙な感覚が私の延髄を刺激した。

冥府からの伝達なのか、と心中穏やかでない。

やはり、美佐江の声が私の耳元にささやく。

有り得ないと、一瞬耳を疑った。

「係長、千代さんの声が聞こえました。けど」

「そんなこと、有り得ない。君の空耳だろう」

「いいえ、私には沙理奈の声が聞こえた」

三人同時に、声を張り上げた。
「エ～、オー　マイ　ゴッ！」

その二日後、福沢准教授から連絡を受ける。
「実は、先ほど倉渕から電話がありましてね」
内容は、恐れていた事態が発生したようだ。
昨夜遅く、軽井沢へ抜ける二度上峠一帯に、
突風が吹き荒れ地の底から声ならぬ叫び。
突然の出来事は、近隣の住民を脅かす。
今朝になり、住人から知らせを受け、
区長の平田さんらが駆けつけた。
道祖神の周囲に争った形跡を見つける。
さらに、木々の鋭い爪痕だけでなく、
大きな刀や薙刀らしき痕も発見した。
その場の殺伐とした情景を鑑み、
准教授へ報告したという。
「そうですか、困りましたね。

くれぐれも注意を怠らぬよう倉渕の皆さんにお伝えください」

翌日、遅くまで残業をした。

終電間際の車両で帰宅すると、久々に感覚が蘇える。

やはり、千代の姿が目の前に現れた。

駅のホームに立ち、互いに目を合わせ頷く。

改札口を出ると、無言で雑木林へ向かった。

雑木林の中ほどに来て、ようやく言葉を交わす。

「お久しぶりです。なにか状況に変化でも……」

「実は、急に伝えたいことが……」

思いなしか、彼女が表情を陰らせる。

あまり好い話ではなさそうだと理解し、私は重く受け止めるしかない。

私の真剣な表情に心を察し、穏やかな顔に戻る。

「あら、権助のことよ。心配なさらないで……」

私の心を読まれたが、安堵する。

「怨念権助の目に余る悪質な所業が、
冥府の主に明らかにされ、即刻捕らわれた。
そして、五番目の大叫喚地獄へ監禁される。
冥府に送られてきたとき、主は労わっていた。
なぜなら、彼の所見は人を殺め残忍な行為をした訳でもなく斬首刑を言い渡された。
故に、軽度の等活地獄として取り扱う。
だが、怨念の自縄自縛となり他の邪鬼を操る。
さらに、冥界のみならず現世も脅かす。
冥府の主は非常に案じ、権助を厳罰とした」
千代は、この処罰を私に伝えたく現れたようだ。
その事実を知り、千代の身は危険から免れた。
私は胸を撫で下ろし、心から喜ぶ。
「これで災いも消えました。内室も安堵しており、
私は悔いなく黄泉へ旅立ちます。
大河内さん、若月さんに会えて良かった。
最後に一言伝えておくわ。
若月さんに、ただならぬ気配を感じてよ」

千代の体が揺れ動く。
「えっ、ちょっと待って、消えないでください」
間一髪で揺れが止まる。
「なにかしら？」
「倉渕の道祖神のことは、ご存じないのですか？
権助が幽閉されても、操られた邪鬼の群れは
現世のまま残っています。どうすれば……」
非常に危惧していたので、解決したかった。
「ああ、そのことなら、心得ているわ。
ご心配なさらないで……」
「いや、現実に爪痕を見てきました。
土地の人々が怯えていますから……」
「冥府の主より手配され、既に捕獲したわ。
道祖神に係わり爪痕を残した罰で、
八熱地獄へ落とされたらしいの」
千代からの説明によれば、
先日の奇怪な出来事は、冥府の主の指示で
守り人の護衛官数人が派遣される。

権助に操られた邪鬼を捕獲する目的であった。
その説明により、私は安堵する。
「そう、ですか。それなら良かった。
安心しましたので、倉渕の人たちに知らせます」
「ただ、冥府が係わっていること、
絶対に漏らしてはなりませぬ。
確と心得なさい！」
千代に向け、私は強く頷いた。
「はい、確と心得ます」

千代が微笑み、追従するよう促す。
私は疑うことなく、すぐ後ろを歩く。
しばらく離れた雑木林の奥へ導かれ、
目の前に空洞が現れる。
「いつの間に、こんな空洞が……」
現れた空洞は一つ二つではなく、かなりの数だ。
空洞から、覚えのある感覚が伝わる。
特に、新しいと思われる空洞からは、

　極めて懐かしい温もりを感じた。
「晋介さん、ほんの少し目を閉じてください」
　私は、素直に目を閉じる。
「さあ、目を開けて……」
　言われるがまま、静かに目を開く。
「あっ！」
　四人の女性がおもむろに立つ姿。
　千代の他、美佐江に沙理奈。
　そして、心に残る大切な想い人、
　横田詩乃さんに間違いない。
　あの東日本大震災の津波が悔やまれ、
　現在でも行方不明のままだ。
　中学高校共に剣道を習い、いつしか
　二人の間にほのかな感情が芽生える。
　私は落ちこぼれ初段だが、
　彼女は大学時代に女流剣士三段となった。
　しかし、決して忘れられぬあの日が、
　二人を永遠に裂いてしまった。

詩乃が大学卒業の想い出に選んだのが、東日本大震災の地、東北の海岸であった。

「あ〜、あの〜」

懐かしさの余り、つい声を掛ける。

「声は、なりませぬ。声に未練が残り、黄泉の国へ行けません。心得なさい」

千代が強く説き伏せる。

ただ、私の心情を察して穏やかに述べた。

詩乃は津波にのまれ、この世から去った。

邪鬼の権助が、私の心奥に忍び込み、詩乃への想いが最大の弱点と読み取る。

そして、黄泉の国をさまよう詩乃を探し、私に復讐を企てた。

沙理奈が憎き権助の意図に気付き、美佐江と共に助ける。

それを耳にし、私は深く頭を下げた。

「私たちが、無事に黄泉路を辿れること、お祈り願いますね」

言葉を返さず、偏に手を合わせた。
詩乃への想いが全身を覆い、
いつの間にか暗愁に閉ざされる。
それでも彼女の微笑みに心が救われ、
声なき声を心の内で叫び続けた。
決して渇れることなく、涙が止まらない。
彼女たちの残り香が、私の心身を包む。
しばらくして、私ひとりが雑木林に残る。
既に空洞の痕跡は見当たらない。
私は振り返らず、その場から立ち去った。

五話　麗しき死と生の幻想

忘れたいと思う記憶は一向に消えず、
いつまでもわだかまりが心に残る。
さりとて、脳裏の片隅に雑然と置けば、
瞬く間に想い出を見失う。
それにしても、
時に心地よい風が脳裏を掠め、
忘れかけた記憶を鮮やかに甦らせる。
戸惑いにため息を漏らすが、
心底から喜びを噛みしめた。

詩乃への想いは果てしなく、
決して消えることはない。
強いて忘れようと試みるも、
時に悪戯な風が吹き私を説き伏せる。

あの空洞に紛れもない詩乃の姿、爽やかな微笑みに記憶を甦らせ、切々と私の胸に迫った。

しかし、冥府の約束を守らねばならず、千代の言葉に従う。

一言も声を掛けられず心残りだった。

去り際に見せた愁いの眼差しと、その微笑みに私の心が砕け散る。


それから十日ほどが過ぎた。


アメリカへ出張していた若月が、久々に私の元へ現れた。

「旅費精算を、お願いします」

「やあ、お疲れ様……」

「あれ、係長。やつれて見えますが」

私の顔を覗き込む。

「うん、ちょっとね……」

「係長、久々に昼飯でも、一緒に……」

「そうだね。じゃ、行こうか！」


地下鉄京橋駅近くのカツ亭へ行く。

私は食欲がなく、簡単な一品料理で済ます。

若月は大盛りのカツ丼定食を選んだ。

席に着くなり出張の話題となったが、
私はただ耳を貸すのみだ。

話し疲れたのか、若月が食事に専念する。

私は内心ほっとした。

それは、束の間の一時に過ぎなかった。

「係長、私の出張中に、もしや問題でも……」

「いや、特にないよ」

一瞬、疑わしい目を私に向ける。

「困ったことがあれば、話してくださいよ」

「ン、……」

「水臭いですよ。冥府の仲間でしょう」

「ウ、……」

執拗に、私の返す言葉を待った。
「……」
若き日に想いを馳せた人。
誰にも明かさず、心に秘めたままだ。
今の彼なら、私の気持ちを忖度できると、
判断のうえ打ち明けることにした。
「実は、……」
雑木林の一件を明らかにする。
その前に、心に秘める女性がいたこと、
それは初恋の人であると素直に告白。
彼女は、東日本大震災の津波によって、
未だに行方知れずの身である。
その彼女が、信じられぬことに突然現れ、
千代ら三人と一緒に別れの挨拶をした。
私は余りの驚きに、現実と錯覚してしまう。
言葉を交わそうと前に行くが、
千代に厳しく引き留められてしまった。
これは冥府の約束であり、死びとの掟でもある。

黄泉の国へ旅立つ人に、声を掛けてはいけない。
迷いが生じ、黄泉の国へ行けなくなるからだ。
私にすれば、生きて再び巡り会えると信じ、
縋る思いで想い人を待っていた。
それが、特殊な能力を得られたことで、
思わざる形で巡り会う。
冥府の約束とは、いかなる理不尽な所為。
慰み者にされる己の身を疎ましく覚える。
そう若月に語った。

神妙に聞く若月が、肩を落とす。

「そんなことが、あったのですか」

二人の間に沈黙が漂う。

しばらくして、カツ亭を出る。

会社への道すがら、若月が口を開く。

「その後、雑木林の空洞へ行かれたのですか」

「いや、あれから一度も行っていないよ」

「では、その空洞は……」

「どうした。何を考えているんだ」

「いえ、ちょっとね……」

「奥歯に物がはさまるような、言い方は？

はっきり言えよ」

会社に戻り、エレベーターを待つ。

「係長、あの～、でも、空洞……」

「どうした？」

「あ、いや、社宅に帰ってから話します」

「そうか、了解したよ」

エレベーターに乗り、其々の階へ向かう。

午後は雑務に追われ、
瞬く間に退社時間となった。
若月とは、別々に社宅へ帰る。

その晩、彼は帰って来なかった。

翌日、出社して若月を探すが誰も知らない。

嫌な予感がする。
昼食時に話したことが、彼の心を駆り立てた。
とはいえ、その真意が摑めない。
若月の言動を思い巡らす。
そう言えば、エレベーターを待つ間に、
何かを言い掛けて止めた。
確か、空洞のような気がする。
もしや、空洞を探しに行ったのでは、
と最悪な推測をした。
それは、まずい。危険なことだ。
ざわざわと心が騒ぐ。
ましてや、単独で行ったとなれば、
非常に危ぶむ行為である。
身の程知らずの行動をしたのか、
私には納得がいかない。

私は急を要する書類に目を通すと、
そそくさと仕事を片付ける。

後の手配を女子事務員に頼み、
会社を後にした。

逸る気持ちを抑え、池袋駅へ向かう。
出勤時間はとうに過ぎており、
車内の乗客は疎らである。
座席に着き、心を集中させた。
速やかに感覚が蘇り、
張り詰めた神経に応える
やはり、前の席に女性が現れた。
意外にも、見知らぬ女の子であった。
笑顔もなく私を見つめている。
私は、敢えて無関心を装う。

車両が駅に着くと、素早く降りた。
私は振り向くことなく改札口を抜け、
そのまま例の雑木林へ向かう。
しかし、空洞は見当たらない。

愕然とし、あるべき空洞を見続ける。

「あなたは、空洞を探している。

そうでしょう？」

振り返ると、女の子が立っていた。

「ええ、そうですよ」

胸の内を見透かさないよう、
すげない返事で答える。

私は、女の子の眼差しに目を合わせた。

「今は、無理なの。リョウが空洞の中に
入っているからよ」

「えっ、リョウって誰？」

「リョウは、あなたが探している人」

「私が探しているのは、若月です」

「うふふ……」

ようやく笑顔を見せた。

「リョウは若月涼太のこと……」

「そうか。涼太のリョウなんだ。

失礼した。それで、若月とは知り合いなの？」

「はい、リョウと私は兄妹よ」

若月の隠された事実に、言葉を失う。

内に秘め、常に明るく振る舞う若月の姿。

私との関係は、お互いに隠すこともなく

さっぱりした間柄と考えていた。

確かに、彼との付き合いは入社してからだ。

詩乃のことは心に秘め、口を閉ざしている。

それにしても、

空洞の中へ行く若月の心境が

信じがたい危険な行動だ。

死と生は、決して絡み合うことはない。

感情や意志だけで適うものでもない。

想い人との離別は儚く心に苦しみを与え、

いつまでも抱き続ける。

それなのに、理由が解せない。

「それで、私は大河内晋介ですが、

あなたの名前は？」

「サンドラ　エリカよ。

あなたの名前は、リョウから
もう知らされているわ」
若月は、私の名前まで教えている。
二人の間で、情報を交換していた。
彼女に問うまでもない。
間違いなく冥府の人であろう。
なおさら、彼の行動が判明しない。
空洞は、あの四人が去った後に、
跡形もなく消えたはず。
それなのに、若月が中に入ったままだ。
冥府に彼が求めるものは、なんだろうか。
「しばらくしたら、リョウが戻ってくるわ。
それを、あなたに知らせたかったの」
「なぜ、知っているんだ？」
「リョウから、言づけられたの」
今の私には、とんと理解が出来ない。
彼に直接会ってから説明を聞くべきだ。
「そうか、それでは待ってみる」

しばらくすると、空洞が浮かび上がる。

最初は、ほんのりとした明るさだったが、徐々に明るさを増す。

すると、空洞の中から若月本人が現れた。

「あっ、係長でしたか……」

「なにが、係長ですか、だ。心配していたぞ」

「詳しいことは、社宅に戻ってから説明します」

私は了解し、後ろを振り向く。

「あれ、彼女がいない？」

「大丈夫です、エリカは空洞の中です。ですから、さあ、帰りましょう」

「えっ、中へ？」

さっぱり事情がわからない。奇妙な出来事だ。

「その件も、係長に謝ります。

これは偶然から始まったことですから、理解して頂くために、きちんと説明します」

「了解した。ちゃんと説明しろよ」

既に空洞は跡形もなく消えており、
私たちは急ぎ社宅へ帰った。

社宅へ戻り、若月の体験した経緯を聞く。

それは、彼が出張したミシガン州の
バトルクリーク市を訪れた日に偶然起きた。

ミシガン州の古物商を訪問し、希少雑貨を探す。

最後に訪れたのが、バトルクリーク市である。

そこにアメリカン・インディアンの商人がおり、
豊富な骨董雑貨を取り扱っていた。

デトロイトの古物商に紹介された店である。

店を訪ねると、雑然と骨董品が置かれていた。

老いた商人から独特な雰囲気が漂う。

「私は、日本から来ましたバイヤーの若月です」

「トント　ワシントン。トントと呼んでくれ」

言葉少なに語る。

「では、私をリョウと呼んでください」

互いに力強く握手を交わす。

いくつかの希少な品を拝見するが、日本での販売には向いていなかった。そのことを伝えると、別室へ案内される。室内に入ると、若月の心を瞬時に奪う。奇妙な骨董品多数が目に留まったからだ。その品々を興味深く眺めると、トントがおもむろに述懐を語り始めた。おそらく相当な年齢と思われるが、声に艶が有り明快な説明を行う。

「カナダとアメリカ国境の五大湖付近に住む、我らインディアン族に伝わる物だ。オジブア　オタワ　ボタワトミの三種族が、三つの火の評議会を取り仕切る。ワシはボタワトミ族最後の酋長で、評議会メンバーの一人でもあった。評議会は、古来より樹木に宿る精霊を、種族全体が尊び敬うことを順守させる。

その骨董品は精霊を象った像であり、特別な儀式でのみ祭壇に置かれた。

精霊は死と生を司る神に仕える天使で、悪魔から死人を守り、黄泉へ導くのさ」

若月は耳を澄まし話に熱中する。

すると、背筋にぞわぞわと感覚が流れた。

トントが話を止め、若月の顔を覗き見る。

そして、肩に手を置き微笑む。

「キモサベ　リョウよ、やはり死後の世と深く係わっておるな……」

「え、なぜですか？」

「ワシと同時に感覚が流れたようだ。

それで、悟ったのだよ」

別れ際、トントが信じられぬことを、若月に伝える。

お前と出会えたのは、

天使精霊のお陰と言えよう。

この時を永く心待ちにしていたよ。

一世紀を越える長い年月が過ぎ去り、
ようやく精霊の像をリョウに譲れる。
お前なら、持つ資格あるからだ。
我が、キモサベ　リョウよ。
お前が失った大切な人たちの絆となろう。
静かに瞼を閉じ、その人たちのことを、
心から思い浮かべなさい。
黄泉の国から必ず会いに来られる。
ただし、この世に甦る訳ではない。
良いな！　キモサベ　リョウ！」
そして、しっかり若月の肩を抱き、
情け深い眼差しを向けながら別れた。

若月から不思議な説明を受け、
私は無言のまま心に秘める。
そして、精霊の像を彼から手渡された。
精霊の像に触れると、心地よい感覚に浸る。
まるで詩乃が隣に寄り添うようだ。

「私は、あなたの身近にいるわ。あなたの鼓動が聞こえてよ」

私は感覚に酔いしれる。

「係長、大丈夫ですか？　目を覚ましてください」

若月の声に、我に返った。

「なんだよ～。台無しじゃないか……」

手を叩きながら、喜ぶ若月。

「アハハ、やはり感じましたか。これで、いくらか元気になったでしょう」

「まあな。像のお陰かも……。ウッ、アハハ」

思わず吹き出し、私も大笑い。

二人で笑うのは、久々だった。

「ところで、ぶしつけに聞くが、空洞で見かけたエリカという女の子、若月の妹と聞いたけど……」

若月の表情が引き締まる。

「済まない。個々の事情に口を挟むこと、悪いと思う。でも、あの子は？」

「いいえ、ご心配ありませんよ。
エリカは私にとって唯一の妹です。
僕はアメリカで生まれましたが、
六歳の頃に秦野の祖父へ預けられ、
家族とは離れ離れで過ごしました。
エリカは、その後に生まれたので、
僕は一度も会うことはなかった。
なぜなら、N・Y同時多発テロに遭遇し、
家族が被害者となったからです。
父の友人と会うためにマンハッタンへ、
それも幼い妹を連れて行ったのです。
友人の事務所が世界貿易センター内でした。
テロで亡くなったことを祖父から知らされる。
だけど、小学生の僕には理解できなかった。
その後、アメリカへの渡航が中止となり、
祖父との同行も許される訳がない。
一周忌のミサに、祖父のみが出席を許され、
僕は渡米できませんでした」

胸の内を洗いざらい打ち明けた若月。
彼は、しばらく口を塞ぐ。
「そうか、そんな辛いことを胸に……。
若月、ごめんな。許してくれ」
「いいえ、構いません。むしろスッキリです。念じてエリカに会えたから」
「そうだね。妹さんに会えるとは、
私も心から嬉しく思う。
それにしても、空洞の中へ行くなんて、
私には恐ろしくて勇気が持てないよ。
ましてや、無事に引き返せたとは、
信じられん。まったく驚きだね」
若月が照れ笑い。
「いや、本当は怖かったですよ。
もしや邪鬼に襲われるのではと、
心臓がバクバク破裂する思いでした。
でも、中は冥府の暗いイメージではなく、
真っ白に輝き全く足元が見えません。

果てしない白い雲の中を歩き、
漠然と彷徨う感じでしたね。
ただ、人は無我夢中になると、
怖さを忘れ意地を押し通す。
顧みれば、バカな骨頂ですよ。
空洞に入る前に妹の顔を知りたく、
祖父に写真を見せて欲しいと頼んだ。
当初、仏壇の両親のだけだと受け付けず、
ひたすらに隠し続けました。
ただ、涙ながら訴える祖母に押し切られ、
仏壇の引き出しに隠された妹の写真を、
老いた震える手で私に見せました。
幼児の写真を見ながら一心に念じると、
まさしく成長した妹に会えた訳です」
その後、夜食を食べながら会話に没頭する。
「それにしても、そのキモサベだけど、
どんな意味があるんだ」
「ああ、それはインディアンの言葉で、

信頼のある友人という意味だそうです。係長と僕の間柄ですかね」

「ふ〜ん、なるほど……」

その後、福沢准教授へ連絡した。


翌日の夜、池袋のレストランで待ち合わせ、会食しながら事のあらましを話し合う。

雑木林の空洞の件や若月が持ち帰った木に宿る精霊の像を説明した。

福沢准教授は委細漏らさずメモする。

「福沢先生、どう思われますか？」

彼はメモを読み直してから、
極めて精霊に興味を抱いたようだ。

「その精霊の像、拝見できますか？」

若月が、バッグから丁寧に取り出す。

「はい、これです」

「ほお〜、これね。とても不思議な像だ」

手にすると、ゾクゾクと体を震わす。

そして、心地良さそうな表情になった。
その様子を、私と若月が唖然と見る。
「マジか！　在り得ない」
「まさか、驚きですね」
若月と顔を見合わせた。
「なんと、沙理奈が私に寄り添う。
懐かしい温もりの声だ」
これは、紛れもない現実であり、
准教授も冥府に係わっていたのだ。
私が准教授の手から像を引き離す。
「あれ、夢でしたか？　本当に？」
「いいえ、夢ではありません。
精霊が沙理奈さんを導いたのです」
「そうですか。本当に奇妙な像だ。
それに、インディアンの老人ですが、
とても不思議な方ですね。
若い頃に、私もミシガンへ行きましたよ。
確か、キモサベと言ってましたよね」

「先生は、意味をご存じなのですか？」

「はい、ボーイスカウトの合同キャンプに参加しました。そのキャンプ場の名が、キャンプ・キモ・サベでした。意味は、アパッチの友や信頼のある友、と記憶しています」

私と若月は、顔を見合わせた。

「やはり、先生の知識には恐れ入ります」

福沢准教授は頬を赤らめた。

そして、食卓の像を優しく見守る。

「ところで、ひとつ伺いたいのですが」

若月が、死と生を司る神について、福沢准教授の知識を試みる。

「ええ、死と生を司る神ですね。若月さんは、それを知りたい。そうですね。わかりました」

彼の知識はずば抜けて豊富だった。

【死と生を司る神は古今東西に知られ、
人間の霊魂と輪廻転生という概念に基づく。
ギリシャ神話のオルベウス、密儀教のザクレウス
アステカ神話のシペ・トッテス
エジプト神話の死と再生の神イシス、オシリス
ケルト神話のケルヌンノス冥府の神
ヒンドゥー教神話のシヴァ、ヴィシュヌ
ペルシア神話のミスラ
ローマ神話のアイネイアース、プロセルピナ
キリスト教神話のイエス
一度死に至り復活した者が、
崇められ神に、例えばイエスやミスラである。
多くの国や地域に伝えられる神話が残る。
もちろん、日本にもある。
日本神話、出雲大社に祀られる神道の神は、
大国主であり二度殺され生き返る。
ただ、冥府の世の支配者はスサノオだ。
そして、イザナギの黄泉訪問や

最高位の天照大御神の岩戸隠れがある】

「と、まあ、こんなところかな」
「いや〜、お見逸れ致しました」
若月は感嘆の声を上げ、頭を下げた。
「さて、これからが問題点なのです。
多くの神話は悪魔に地獄へ落とされ、
二度と甦ることは無かった。
しかし、日本の仏教は輪廻転生が主体で、
転生までは果てしなく永遠に近い。
千年万年とも言われている。
ただし、黄泉の国ならば優先され、
転生が早まるという」
若月が項垂れ、心を沈ませる。
「おい、若月よ。それが現実だ」
「ええ、私は勘違いして空洞の中へ入り、
死と生の神を探しました。
両親を甦らせ、胸に抱かれたかった。

やはり、それは無理でした。
私を見守る千代さんに出会い、
愚か者と叱られました」
彼の言葉に、なぜ空洞へ入ったのか、
図らずも納得できた。
「やはり、幼き時に別れた両親を……。
それでも、妹に会えたんだよな」
「はい、それでトントから伝えられたこと、
思い出したのです。
黄泉の国から会いに来るが、
それは死から甦る訳ではないと……」
確かにそうと言える。
それを間違って解釈すれば、大変だ。
冥府の約束を守れないことになる。
冥府の主から与えられた特殊な感覚は、
理解した者だけが許されることだ。
私は、そう信じ受け止めている。
「若月、福沢先生、

私たちは冥府の約束を守ってこそ
迷える死者を黄泉の国へ導く。
これで大切な役目を担える。
そう思いませんか……」
私は、強い視線を二人に送った。
「ええ、おっしゃる通りです。
私も同様に考えておりました」
「僕は残念だけど、失格ですね。
自分本位で物事を考え、
勝手な行動に走ってしまった。
自分の力を悟りなさいと、
千代さんから教えを受けました。
でも、僕には自信が持てません。
それに、悟る力など有り得ない」
私は、今の若月を見て怒りを覚える。
「若月、なんてことだ。そんな女々しい
感情なんて、捨ててしまえ。
千代が、由々しき力を持つ若者だと、

見抜いていたぞ。
それにバトルクリークの老人トントは、
君に会えることを、心待ちに望んでいた。
そして、精霊の像を譲ったではないか。
その二人の想いを、なんと心得るのだ。
恥ずかしいと思わんか。
若月よ。いい加減に目を覚ませ」
私の激しい怒りに、若月が声を荒げる。
「そんな、そんなに怒らなくても、
いいじゃないですか。
僕は、本当に反省していますよ。
幼き妹のエリカが、心から頑張ってと
僕を応援してくれました。
だから、だから、エリカのためにも、
真摯に冥府や黄泉の世界を学び、
お兄ちゃんは強くなると、
はっきり誓いました。
これで、これで宜しいですか。

係長様！」

迫真の若月に、あ然と見据える私と福沢。

やはり、彼はただ者ではないと実感する。

精神力と好学心を身に付け、

たくましく成長していたようだ。

しばらくして、三人は会食を終える。

レストランを後にして、池袋の歩道に立つ。

こうこうたる満月の光と黄泉の光が、

三人を照らし哀歓を共にした。

雲間にかすむ覗き窓が三つ現れる。

一つは黄泉の国から微笑む千代たちの姿。

一つは精霊に守られたトントとエリカの姿。

一つは冥府の主が、確と見据える姿。

三人は知る由もない。

私たちが向き合っているのは、

麗しい幻想ではなく真実である。

それを消し去ることはできない。

どんなにもがき苦しんでも、
前に進もうが後ろに退こうが、
瞬きは現実であり、一秒先は未来だ。
ただ、この世にひとたび生を授かれば、
人知れぬ死に招かれること必然である。
延いては、我が身の悲運と哀れむが、
この世の生は久遠の流れ一滴に過ぎず、
それを素直に受け入れるしかない。
現世の追憶は儚くも消え去り、
新たな追懐が親しき人々に芽生え、
やがて追慕される身となるであろう。

「ところで、福沢先生……」

「はい、なんでしょう？」

「ルバイヤートをご存知ですか？」

「ええ、ペルシャの詩人オマル・ハイヤームの四行詩でしょう」

「はい、やはりご存知でしたか……」

私が高校生時代に、詩乃から贈られた詩集のひとつである。

ルバイヤートを読み、不思議な感覚を味わう。

多々ある中で一つの詩が記憶に残る。

その四行詩は、

【先に逝く人々は
誰も戻らず
向こうの世界を
教えてはくれない】

私は、今の複雑な心意を伝える。

「確かに、私たちは冥府との係わりを持ってしまった。信じられないことです。

特に、あなた方二人はね。

私の場合は、単なる感覚に過ぎない。

それでも、沙理奈を通じて冥府の世に魅入られた一人です」

「この短い期間に不思議な世界を、

僕は体験してしまった。
特に、千代さんから授かった能力で、
紛れもない過ぎ去りし人に出会う。
この現象が、真実なのか幻想なのか、
喜ぶべきなのか理解できません。
それでも、妹に出会えたことは、
とても幸せです。
この事実を、どう受け止めれば良いのか、
係長、福沢先生、教えてください」
若月の質問に、私でさえ答えようがない。
自らの意志とは関係なく、
気付いたら夢から現実へと導かれ、
冥府の世に引き込まれていた。
ただ、冥府の世を現実と捕らえ、
授かった能力が無駄ではないと悟り、
冥府の死と生の約束を守ることにした。
この先、幾多の感覚が私に及ぼし、
死と生の麗しい幻想を与えるであろう。

六話　冥府の恵沢と絆

秋の空気に冬の冷気が流れ込み、
夕刻から冷たい雨が降り始めた。
駅前から社宅へ戻る薄暗い道すがら、
赤い手帳らしきものが目に留まる。
しかし、私には縁がないものと考え、
そのまま通り過ぎようとした。
その時、側溝から喘ぐ人の気配を感じ、
すぐさま側溝の中を覗き見る。
男性が仰向けに倒れているではないか。
先ほどの赤い手帳を固く握り締めていた。
それも側溝の水から守るように……だ。
妙なことに赤い手帳から微妙な感覚が、
私の背筋の根幹を揺るがす。
戸惑う私の鼻腔に明らかなアルコールの臭い。

相当な量の酒を飲んでいたのであろう。

その上、頭部から大量の出血が見られた。

「係長！　どうしましたか？」

いつの間に現れたのか、若月が声を掛ける。

「あぁ、若月か……。側溝に人が……」

「え～、それは大変だ。大丈夫でしょうか」

若月が前屈みに側溝を覗く。

すると、素早く私の顔を顧みる。

「えっ？　まさか、有り得ない」

やはり、彼も感覚を味わったようだ。

「そう、私も感じたよ。その件は後で……」

急ぎ救急車を手配し、警察へ連絡する。

救急車が来るまで、見守るしかなかった。

「ところで、どこかへ出掛けるのか？」

「ちょっと、駅前のコンビニへ……」

救急車のサイレンが徐々に近づき、
若月が手を振りながら誘導する。

同時に、警察のパトカーも到着した。

警察官から状況説明を求められたが、
詳細がわからず事実のまま応じる。
その後、私と若月はパトカーに同乗し、
救急搬送された近くの病院へ向かう。
病院に着くとロビーで待機する。
診察室から医師と看護師の会話が飛び交い、
慌ただしい緊張感に包まれた。
暫くして男の姉夫婦が駆けつける。
警察官から詳細を聞き知ると、
私と若月に涙ながら礼を伝えた。
「この度は大変お世話になり、
ありがとうございました。
外出したまま行方が知れず、
とても心配しておりました。
通りがかりのあなた様に発見され、
救急車まで手配して頂き、
誠に感謝申し上げます」
ロビーの柱時計が九時を知らせ、

弱々しいチャイムが響き流れる。
暫し、会話が途切れた。
命を繋ぐモニターの電子音と、
心肺蘇生を施す胸部圧縮の音が、
〈ピッ　ギュッ　ピッ　ギュッ〉と、
夜間の診察室から奇妙な音が漏れる。
私には死の淵から患者を引き戻す声として、
ロビーに待つ私たちの心へ憂い響く。
姉が沈痛な思いで手を握り締めた。
程なく、中から医師が現れ姉夫婦に一礼。
患者の容態は予断許さず危ぶむ状況にあり、
これから集中治療室へ移すことを告げる。
震える体を支えきれずによろめく男の姉。
そのまま待合ロビーの床へ崩れ落ちた。
その姿を見兼ねた私と若月が、
体を抱え近くの長椅子に座らせる。
「大丈夫ですか？」
「はい、有り難うございます」

姉は弱々しく答え、深く深く呼吸を整える。

「ご家族の方は、いらっしゃいますか？」

診察室から看護師が声を掛けた。

「はい、私ですが……」

姉が毅然と答える。

「これから集中治療室へ移動しますが、担当の看護師がお呼びしますので、もうしばらくお待ちくださいね。

それと、患者様がお持ちになっていたこの手帳ですが、どうされますか？」

あの赤い手帳であった。

隣の若月が小声で私に伝える。

「係長、あの手帳ですね……」

私は黙したまま頷き返す。

「これは、弟の大事なものですから、私が預かります」

「それでは、そちらで保管してください」

受け取った姉が胸元に抱き締めた。

そして、深々とため息を吐く。

「それほど大事な手帳だったのですね」

「ええ、亡くなった子供が書いた日記帳なの。だから、弟は肌身離さず持っていたわ」

「そうですか……。それは辛い思いですね」

姉が、その訳を語ってくれた。

《弟の名は、佐藤信一郎です。
東日本大震災で生きる術を失くしたの。
妻と二人の子供が津波の犠牲者となって、
新築の仕事場兼住居は跡形もなく流された。
あの日、弟は仕事の関係で家を離れていた。
ひどい揺れに急ぎ家へ戻ろうとしたらしい。
ところが、道路が混み合い引き返せない。
さらに、経験のない大きな津波が押し寄せ、
ほうほうの体で高台へ逃げるしかなかった。
高台から望む景色は黒く濁った津波に、
多くの家屋や車が押し流されてゆく。

弟は呆然と眺めていたと私に話したわ。
その後、長く苦しい避難所生活が始まり、
弟は必死に家族の行方を探す毎日でした。
十日過ぎて、流された倒壊家屋の中に、
家族三人が発見されたと連絡が届いたの。
その場に立ち会う弟が目にしたものは、
幼い子供二人を胸に抱く妻の姿だったわ。
愛する家族の無残な姿に泣き崩れ、
弟は人目も憚らず泣き叫び続けたという。
その後、私のいる埼玉へ身を寄せた。
当初は前向きに生活を考えていたわ。
私や周りに笑顔を見せていたけど、
どうしても家族への想いが立ち切れず、
彼の心と体を蝕み日増しに病んでいった。
そして、好きでもない酒を飲み始め、
酒浸りの毎日を過ごすようになった。
思いやりの言葉には激しく拒絶を示し、
常に苛立ち不眠の日々が続いてしまったの》

姉の言葉が止まり、暫しむせび泣く。
病院特有の静けさが重く圧し掛かり、
佐藤の想いが私の心を揺さぶる。
酒を浴びるほど飲んだとて、
現実は彼の心を誤魔化せるはずがない。
この世で愛する家族に再び会えぬなら、
死の淵を渡るしかないと思い込む。
彼の気持ちを察し私の心は沈んだ。

「ごめんなさいね。つい心が乱れてしまい。
なんとか落ち着いたわ。それで……」

《この日は、私が強く押し止めたのですが、
振り切り泥酔状態のままコンビニへ、
酒を買いに行ってしまったの。
まさか、こんなことになるとは……。
私だって、弟のやつれる姿が気になり、

毎日がとても苦しかったわ》

姉の弟への思いやりが切なく心に響き、安易な言葉を差し控える。

隣の若月も私と同様に黙したままだ。

しかし、彼は待ち切れずに言葉をかけた。

「ところで、あの赤い手帳ですが……」

「はい、この手帳のことですね」

「ええ、宜しければ拝見できますか？」

「はい、弟家族の日記帳ですけど。どうぞ……」

姉が、若月へ手渡した。

彼の手が小刻みに震える。

「か、係長。これは間違いないです」

私は姉夫婦に気付かれぬよう頷いた。

若月が手帳を開く。


【ママ克江と八重ちゃん、洋子ちゃんの日記。

パパは読むだけの人】

見出しに書かれており、ページをめくると、日々の他愛ない日記が綴られていた。

しかし、震災当日のページには、克江の穏やかな文字は無く、切々と胸に迫る走り書きが記されている。

【パパ、早く迎えに戻って！

家が傾き始めたわ。

隣の家が倒れた。

こんな所まで海水が、二階に逃げるわ。

パパ、八重だよ。洋子の分まで書くからね。

早く、早く、私たちを助けて。

お願い、早く、お願い助けて、怖いよ。

あなた、もうダメみたい。ごめんね。

私も子供たちも愛しているわ】

若月の眼差しが最後のページに留まったままだ。

すると、彼は手帳を私に預け外へ向かう。

「若月、待てよ！　どこへ行く？」

彼は病院の外に出ると、振り返り伝える。

「これから、あの空洞へ行きエリカに会います」

「急に、説明なしで、どうしてだよ」

「早くしないと、間に合わない。後で……」

釈然としない説明に納得できず、
走り去る彼の後ろ姿を私は見つめた。

しかし、彼の行動には必ず意味があり、
私は信じて待つことにした。

雑木林にやって来た若月は、
心を静め妹エリカの姿に集中する。
すると、目の前に光が霞み、
徐々に空洞が現れた。
「リョウ、どうしたの?」
エリカが心配そうな眼差しを向ける。
「やあ、急に呼び出しごめんね」
「ううん、お兄ちゃんのためなら、
エリカ、なんでもするよ」

「ありがとう、エリカ……。助かるよ。
実は、冥府の主にお願いがあるんだ」
若月はエリカが幼いことを考え、
言葉を選び事細かく説明する。
「わかった。でも、リョウは中に入らないでね。
悪魔が地獄へ誘うから……」
若月は、渋々頷きエリカの姿を見送る。
待つこと数分。空洞からエリカが戻って来た。
「リョウ、死と生の神に伝えたわ。
子供たちは天使の私とお地蔵様が、
共に黄泉の国へ導くからね。
それで、冥府の主から心得たから、
安心しなさいって、言われたの。
そして、私の手を握りなさいって……」
エリカが幼い手を差し出した。
若月は言われた通りにエリカの手を握る。
エリカの温もりを感じない手から、
痺れるような感覚が心髄を貫く。

それはあっという間の出来事であった。

「若月よ！　お前の望みは心得た。家族の恵沢と絆は冥府の真理であり、刑罰を左右する根幹でもある。今回のことは決して他に漏らさぬこと。お前と大河内、福沢の心に留め置く。確と心得るがよい！」

若月は天に向け礼拝する。

目の前のエリカは既に消えていた。

「エリカ、ありがとうね。お陰で助かったよ」

そして、若月は急ぎ病院へ引き返す。


私が病院の玄関口で待っていると、若月が息を切らして駆け込んで来た。

「ハア、ハア、ただ今戻りました。首尾よく交渉ができました」

「意味がわからん。誰に、なんの交渉だ？」

「あっ、ごめんなさい。

エリカが仕える死と生の神を通して、
冥府の主に佐藤さんの免罪をお願いしました。
それを他言しない約束で了承されました。
これで、家族揃って黄泉の国へ行けます」
「え、本当か？　間違いないのか？」
「はい、冥府の主から直接に……」
そこへ、姉の夫から呼ばれた。
「今、妻が医師に立会い死亡を確認しました」
私と若月は集中治療室へ向かい、
窓ガラス越しに中の様子を眺める。
白く冷たい壁と天井に囲まれ、
静かに横たわる佐藤の姿が見えた。
彼の短き人生において死を望むなど、
考え及ばぬことであったろう。
ましてや、最愛なる家族が自分を残し、
先に亡くなるとは……。
震災後の彼は死を観念的に考え、
恐怖を覚えるも死の淵を渡ろうと、

願ったのではないだろうか。
そして、私が目にする穏やかな彼は、
この世で再び目を開けることもなく、
望む家族の元へ旅立つことが叶った。

日付が変わり、ようやく雨が上がった。
死後処置を施した亡骸が霊安室へ移される。
私と若月は葬儀社が迎えに来るまで、
霊安室で姉夫婦と共に控えた。
私はこぢんまりとした霊安室を見回し、
様々な人生を歩んだ人たちが、
ここを通り抜けて行ったと思い描く。
葬儀社の車が霊安室戸口に横付けする。
扉が開くと充満していた線香の煙と匂いが、
外の冷ややかな空気に押し出された。
そして、煙はためらうこともなく、
月明りの空へ舞い散る。

昼過ぎに福沢准教授から電話が掛かる。
「お久しぶりですね。
昨日、若月さんから連絡が有り、
今晩の食事に誘われました」
「えっ、本当ですか？
彼から先生を誘うなんて初めてですね。
それに、私は一言も聞いていませんが」
私は寝耳に水であった。
「そうでしたか……。
特別な事情がお有りかも知れませんね」
両方が気まずい思いで電話を切る。
ちょうどその時、若月が私の元へ現れた。
私は素知らぬ顔で書類に目を向ける。
彼は私の前に立ち尽くしたままだ。
「あの～、係長。お話が……」
ようやく声を掛ける。
「ん、どうした？　急に畏まって……」
「はい、実は会社を辞めます」

あまりの驚きに椅子から立ち上がった。
「先ほど、営業課長に辞表を出しました」
「ななな、なんでだ。ど、どうして辞める」
私の言葉に女子事務員たちが引き込まれ、
若月の周りを囲んだ。
彼は低頭しながら謝り続ける。
「みんな、自分の席に戻りなさい。
若月、福沢先生と会食するらしいが、
そのことと関係があるのかな?」
「そうです。
先に係長へ話すべきでしたが、
今日まで決心できなかったからです。
今晩の会食時に説明しますので、
是非同席をお願いします」

その日の夕刻、渋谷表参道のレストラン。
三人は隅の心地よい席を選ぶ。
メインのイタリアン料理を頼んだ。

その前に食前酒のアペリティーヴォを飲む。
「今日は、突然にお呼びして申し訳ないです。
仕事を辞めた理由ですが、
僕は冥府の世を知り多くの経験をしました。
それで世界の国や地域を巡り、
各地の冥府伝説を学びたくなってしまった。
危険は承知です。
それでも今後の役に立てたく決心したのです。
祖父母にも打ち明け決意を伝えると、
笑顔で承諾してくれました。
実は、祖父も亡くなった父も青年時代に、
多くの世界を独り旅したそうです。
ですから血は争えないと祖母は大笑い」
突然の退職に私と福沢准教授は納得する。
「それなら了解した。でも羨ましいと思うよ」
「ええ、素敵な考えです。本当に羨ましい。
若月さんの独り旅を祝し、乾杯！」
「乾杯！」

「本当にありがとうございます。
決意して良かった。
ですが、皆さんとは決別しませんよ。
僕は必ず戻ってきますから……。
その時は友人であり兄弟のように、
お付き合いを宜しくお願いします」
私と福沢准教授は目を合わせ微笑んだ。

暫く食事をしながら談話が続く。
そして、食後のカフェを楽しんでいると、
若月が突如思い出し二人に告げた。
「肝心なことを言い忘れていました。
冥府の主からの伝言です。
私の手を握ってください」
若月が二人に手を差し出した。
私にはおおよその見当がついている。
だが、福沢准教授には推し量れず、
若月の顔を訝しく見つめた。

私が躊躇わずに手を握ると、
福沢准教授も頷き手を握った。
同時に若月の手から二人の心髄へ、
冥府の主の重んずる感覚が流れる。
福沢にとって初めての感覚であり、
面映ゆい表情を見せた。
私には冥府の主からの神聖な感覚を慮り、
深甚な生きる者の真善美を尊ぶと承知する。
三人は冥府と現世を繋ぐ恵沢の絆に守られ、
強く結ばれていると確信できた。

浮生の流れ　忘れ水

恋風

青春の過渡期に端麗な恋風と巡り会う
その微笑みに惑わされ初恋を知る
恋風は無常の風となって吹き荒び
わずかな後桜を残し消え去った
心底の幻想的な横顔と残り香を
淡い望みに追慕を委ねてしまう
長き時を経て、恋風の便りが届く
再会の喜びに希望を見いだすが
夢幻の歳月を癒すことができるのか

それ故に
敢えて心の内をさらけ出そう
恋風よ　愛してくれますか

前日の台風が嘘に思えるほど、清々しい秋晴れの昼下がりだった。時間を持て余す私に、一通の速達が届く。

「え〜、千香ちゃんからの手紙？　どうして……」

差出人の名前に驚き、妙な思いで封を開ける。薄紫の便箋を取り出すと、女性らしい文面が詳らかに綴られていた。

【前略ごめん下さい。

輝坊ちゃんに手紙を書くなんて、初めての経験ね。なんだか胸がドキドキして、文字が躍ってしまいそう。電話でも良かったけど、手紙にする訳があるの。最後まで、きちんと読んでね。本当にお願いよ。

今でも、あの忘れ水を見守っているのかしら、ほどほどにしなさいね。と、言いたいけど。信じられないことが、起きてしまったわ。

昨年の五月に、主人の教え子だった北島さんが、経済調査でブラジルへ行くことになり、わざわざ報告のために訪ねて下さった。その折に、諦めていた亜紀の消息を、思わず頼んでしまったの。あなたの気持ちを損なうつもりはないわ。反省しているから、叱らないでね。

昨日の夜、その北島さんから電話があったの。内容を聞いて、とても驚いてしまったわ。だって、亜紀の消息がわかったからよ。】

消息の文字に目が留まり、ため息を漏らしてしまった。なぜなら、長い年月を追い続けてきたが、苦渋の末に諦める決心をしたばかりである。それが、消息の判明によって再び感情が高ぶり、思わず愁嘆の日々を思い起こしてしまった。

高校三年生の私は、兄が経営する印刷工場内の一室で暮らしていた。

十一月の末にもかかわらず、身が凍みるほど寒い日曜日。繁忙期により耳障りなオフ・セット印刷機が朝からフル稼働。

「おーいっ！　輝坊、いるか～？」

事務所の兄が、印刷機の音に抗い大声で私を呼んだ。この数日、暗鬱な気分を過ごしていた私は苛立ち叫んでしまった。

「なんだよ～。俺は、忙しいからぁ～」

「お前にべっぴんのお客さんだ。つべこべ言わずに、早く来ーい」

有り得ない兄の言葉に、図らずも動揺する。

《えっ、そんな？　まさか、亜紀さんだって……》

気晴らしにバイロン詩集を読んでいたが、思わず立ち上がってしまった。開いたページに鉛筆を挟み、心をそわつかせ事務所へ行く。すると、ショート・ヘアが似合ういとこの千香が、石油ストーブに両手をかざしながら待っていた。その姿に、がっくりと肩を落とす。

うつろな千香の横顔に、胸騒ぎを感じる。ただ、目が合うと、いつもの明るい笑顔に戻った。

「お・は・よ・う、輝坊ちゃん！　元気だった？」

「あ〜、なんだぁ。千香ちゃんかぁ……。おはようサン……」

その場しのぎの挨拶をする。案の定、負けん気な千香が鋭く反応した。

「まあっ、失礼ね！　なんだとは、何よ？　急いで来てやったのに、もうっ！」

「俺に、何か用なの？」

「随分な、ご挨拶ですこと。誰と勘違いしたのかな？　まったく……」

頬を膨らませて拗ねる。その仕草に吹き出してしまった。

「プッ、フフ……。確かに、がっかりさぁ。ハハ……」

「クックク……、面白い二人だ。仲が良い証拠さ……、クク……」

傍らにいた兄も、釣られて笑う。

「ムムッ！」

「おお、怖っ……」

睨まれた兄が、首をすくめ工場内へ逃げた。

「ふふ……、止めてよ、兄弟喧嘩なんて……。ふふ……」

千香は普段の表情に戻るも、瞳が愁いに沈んでいる。その眼差しが気になり、訳もなく謝ってしまった。

「いやっ、ごめん……」

「それより、大切な物を届けに来たの」

意外なことを伝えたので、つい性急に聞き出そうとした。

「俺に？　誰から？　何を預かったのさ？　どうして、千香ちゃんが？　えっ……」

「ちょっと、待ってよ！　もう、せっかちな人ね」

くどい質問を抑え、ポシェットから封筒を取り出す。

「えっ、その手紙って？」

「でも……、でも……」

「でも、でもって、何が、でもなんだい？」

なぜか言葉を濁す千香に、しつこく言い迫る。

「なんでもないわ！　はいっ、受け取って！」

執拗な問いに思い余り、私の胸に押し付けた。一瞬慌てたが、一息入れて開封する。

「……、えっ、これって？」

憮然たる表情で千香を見据えると、目を逸らさずに頷いた。

「ええ、亜紀の手紙よ。日本を離れるとき、渡すように頼まれたの。でも、まだ間に合うから、見送りに行きなさい。ねっ！」

戸惑いと哀れみの眼差しに、私の胸が引き裂かれる思いである。

「うん……。でも……、もう、いいやぁ……」

釈然としないまま部屋へ戻り、力なく椅子に腰掛ける。

「あ～ぁ、これが真実だったのか……」

握り締める手紙を、改めて読み返す。

【輝君へ
私の惨めな手紙です。どうか、お許してください。
千香から、早く打ち明けるよう促されたのに、
輝君との別れが辛く、伝える機会を失いました。
弄ぶつもりも偽ることも、決してありません。
これは私の本心です。信じてください。
ブラジル行きは、一年前から決まっていたことです。
当初の計画では、私一人が日本に残る予定でしたが、

母の強い要望から私も行くことになってしまった。
あなたと巡り会えたのに、辛く切ない気持ちです。
でも、巡り会えたことで、幸せな恋を知ったわ。
二人の想い出を、大切に守り決して忘れません。
別れの言葉が書けません。ご理解ください。
この手紙を読んでいる頃、私は日本を離れます。
いつまでも、お元気でお過ごしくださいね。輝君……。

亜紀より】

書かれた一言半句に、一週間前の辛く切ない記憶が甦った。

兄が夕刻の組合会議に出席。早々に仕事を切り上げた。印刷機の騒音に悩まされず、好きなラジオ番組が聴けると喜ぶ。事務所の電話が鳴り、急ぎ応対する。

「はい、金井印刷ですが……」

「輝君。今晩は……」

亜紀からの電話であった

「輝君……、明日の晩、一緒に食事しませんか？」

「え？……」

食事の誘いに困惑する。なぜなら、亜紀の退職を千香から聞いていたからだ。

「実は、大事な話があるの」

「……」

大事な話と聞いて、最悪のシナリオを考えてしまう。

「ダメかしら？」

「いいえ、行けると思います」

戸惑い、心細く答える。

「本当なのね。あ～、良かったわ。ありがとう」

「ええ、……」

その夜、勝手に別れの文字が渦巻き、不安で眠れずに過ごしてしまった。


翌日の夕刻、最近オープンしたスカイ・ラウンジ（屋上の回転式レストラン）へ行く。

約束時刻に遅れ、テーブル席の亜紀に詫びる。

「ワァ～。遅くなって、ごめんなさい」

「いいのよ、気にしなくて……。フフ……、さぁ、座って……」

忙しなく腰掛け、怖々と向き合う。やはり、一線を画する雰囲気が亜紀から醸し出ていた。別れのシナリオが脳裏を駆け巡り、心が挫ける寸前で耐える。

「さあ、どうぞ。私は、ナポリタン・セットを選んだから……」

メニューを差し出されるも、まともに答えられない。

「あ～、僕も同じで……。ん～、好きだから……」

答えた瞬間、真剣な亜紀の目の色を見てしまう。動揺を悟られまいと、手元の水を一気に飲み干した。

「学校は、忙しそうね？」

「あっ、はい。部活を掛け持ちして……」

会話ができず、困っていた私は胸を撫で下ろす。

「えっ？　演劇部だけじゃなかったの？」

「はい、社会部や文芸部にも。先週の土曜日、社会部の会議に参加です」

「それって、どんな会議なの？」

前屈みに覗き込まれ、心臓がドクンと高鳴る。

「は、はい。大学紛争を考える。でした」

「まぁ、本当に？　驚いたわ」

「ハチャメチャですよ。高校生も共闘するべきだと決めるから、僕が絶対に無意味だって反論した。すると、全員から睨まれちゃいました。アハハ……」

「うふふ、凄い……。私なんて、考えたことも無いわ。ふふ……」

食事中は些細なことにも笑い、彼女の長い髪が鮮やかに揺さぶられた。ただ、思いなしか亜紀の顔色が青く、流れる夜景にふっと瞳を凝らすときがある。その仕草が気になり、不安を募らせる。

それにしても、夜景を眺める彼女の横顔が美しい。ネオンの色彩により幻想的に映え、我を忘れるほど見惚れてしまう。不覚にも、窓ガラスに映る亜紀の視線と重なった。

「ふふ……。輝君、そんなに見つめないで……。私、耐えられないわ」

彼女が声を潜めて呟き、辛そうに微笑む。

「えっ、えっ！　あ～……」

面映さに目を逸らすも、再び幻想的な横顔を追い求めた。

冷めた紅茶を二人同時に飲み干すと、亜紀が帰り支度を始める。心残りだが従うしかない。彼女が会計を済ませる間、私は茫然と後ろに立ち尽くす。

「さあ、帰りましょう」

「ご馳走さまでした……」

気まずい雰囲気が、狭いエレベーターの中を漂う。

外に出ると大きく息を吸った。空気が冷え、肺に染みわたる。月の光が意外に明るく路上を照らし、高崎城址の堀に沿って歩いた。互いの心情をおもんばかり無言になる。

「亜紀さん！　大事な話って、会社を辞めたことですか？」

私は決心すると、いきなり肝心なことを尋ねた。

「それって、千香から聞いたの？」

「はい、それで……、これから……」

《まさか、結婚の準備？　誰と？　そんな馬鹿な話、くだらん妄想だ。考えるな！》

「どうすれば、いいのかしらね？」

「……」

本心をはぐらかしている。と感じた。

「あのう……、輝君ね……」

「はい？……」

一瞬立ち止まる。

「……。いえ、なんでもないの」

次の言葉を待ったが、冷たく突き放された。そのまま黙って歩く亜紀を、無気力な目で追う。

「……」

わずか先を行く彼女が、縁石の上を歩き始める。だが、直ぐにバランスを崩したので、咄嗟に手を差し伸べると強く握られた。そして、摑んだ手を頼りに縁石から降りる。フッと小さな息を吐き、おもむろに体を寄せてきた。

「えっ……」

彼女の思わせぶりな態度は、自然の成り行きなのか、それとも彼女の意志なのか。私の思考が激しく乱れる。亜紀の眼差しが私の瞳を離さない。もちろん私も彼女の手を離さない。静寂の中に、二人の息遣いと高鳴る心音が重なった。

「……」

私の無垢な肺が、成人女性の甘い魅惑的香りに浸潤される。

「ふぅ～、別れたくないよ……」

情況に耐えきれず、未練がましい言葉を吐き出す。次の瞬間、かつて経験したことの無い感触が私を襲う。それは、優しく触れる亜紀の唇であった。私の煩悩が鋭く支配され、濃厚な感触を望む。

「もう、会えないの。……、お別れよ……」

期待は裏切られ、私の耳元に望まない冷酷な言葉が呟かれる。そして、私の手を振り解き、目の前から一目散に走り去った。

「あっ？」

ショックに言葉を失う。月光に照らされる長い髪のシルエット。門柱に消えるまで見据え、脳裏に焼き付けるしかなかった。

《なぜ……。俺の何が、ダメなんだぁ～》

心の中で叫び続ける。惨めにも大粒の涙が溢れ、瞳の奥にぼんやりと月が浮かぶ。夜風が体に染み入り、心が折れた。

呆然と帰る道すがら、亜紀の全てを思い巡らす。心を揺さぶる感触と不可解な言葉は、決して偶発ではなく彼女の本意と悟る。混迷と疑念が晴れるも新たな感情が芽生えた。恋への失望と裏切り。

その日から一週間、私は漫然と過ごしてしまった。

「ほら！　思った通りだわ」

前触れもなくドアが開き、ひょっこりと千香が覗き込んだ。

「な、なんだよ、突然に男の部屋へ！」

慌てた私は、椅子から転げ落ちそうになる。

「まぁ、なんてバカなことを。あなたを男だなんて……、う～ん、絶対に無い！」

「あっ！　じゃ、俺はなんだよ！」

「そんなこと……、言えることじゃないもん。とにかく、私も一緒に行くから、早く支度しなさい！」

「行くって、どこへ？」

「横浜に、決まっているじゃない。行きたいんでしょう？」

「あぁ、行きたいさ。でも、俺の見送りなんて……」

ぐずぐずと決心がつかない。

「もうっ、はっきりしなさい！」

「無理だ、もう間に合わないよ」

「いいえ、出航は午後の三時だから、まだ間に合うわ」

「だって、電車賃が無いもん」

「佐兄ちゃんが用意してくれたの。だから、心配しないで」

「兄貴が！」

「ええ、そうよ。弟思いなんだから……」

「うん、でもなぁ～。行っても迷惑だと、思うけどなぁ」

懐疑的感情が、素直な心境を阻害する
「いい加減にしてよ！　後悔するのは、輝坊ちゃんなの！　わかった？」

千香に説き伏せられ、渋々と支度を始めた。


急ぎ高崎駅へ向かう。大宮駅まで特急を利用し、そこから京浜東北線に乗り換えて横浜へ向かう。これは千香が時間短縮と節約のために考えたことだ。

売店で買った菓子パンとジュースを、千香が手渡した。

「ハイ、お腹が空いたでしょう」

「あぁ、サンキュウ。気が利くね」

「輝坊ちゃんの分は、ついでに買ったの……」

「あっ、せっかくサンキュウと言ったのに……。アッハハ……」

「うふふ……」

車両がゆっくりとホームを離れた。車窓の景色に視線を置き、ぼんやりと観音山の丘陵を眺める。

《亜紀さん……。どんな気持ちで、眺めていたんだろうか？》

俯き加減で食べる千香が、ふっと顔を上げて覗き見る。

「何を考えているの？　パンも食べないで……」

「いいや、別に考えていないよ」

「それは、ウソね。亜紀のことでしょう？」

図星である。完璧に心を読まれていた。

「ほ、本当だって。今更、考えたって仕方ないじゃん！」

「そう向きにならないで……」

「……」

「あのね……、聞いても、いいかしら？」

「別に、構わないけど……」

「じゃあ、聞くね！」

千香の表情がパッと輝き、不安になった。

「ん～、何を？」

「亜紀と、どこで知り合ったの？」

予想外の内容に、ほっとする。

「あれ、知らねぇのか？　何でも見抜いちゃう千香ちゃんが……。ははぁ～、素晴らしいやぁ～」

「何が素晴らしいの、失礼ねぇ。親友だっていうのに、笑って誤魔化すのよ。それで、どうなの？」

鋭い視線にたじろぐも、打ち明けることにした。周囲の耳目を気遣い、声のトーンを下げる。

「覚えているよね、あの合同演劇祭のことを？　オヤジと一緒に、観に来たから……」

「ええ、もちろんよ。だって、実行委員長をやりながら、風流大名の家老を演じるって言うから……。ところが、うふふ……、伯父さん……、ふふ……」

突然千香が笑い出す。その意味がわかり、一緒に笑ってしまった。

「アハハハ、古い時代の男は、ハハ……、女子高に入る度胸が無いってね。ハハ……」

「ふふ……。直ぐに、ウンと答えちゃった。ふふ……、伯父さんに頼まれたら、断れないもの。ふふ……」

「アハハ……。まったく、オヤジらしいや。ムッフフ」

「周りが気になって、ふふ……、直ぐに帰ったわ。ふふ……、それで、続きは？」

翌日に顔を合わせると不愛想に頷く。私はそれで満足だった。

「うん。舞台裏で悩んでいるとき、女性が現れてさぁ。不慣れな進行を、アドバイスしてくれたんだ」

「……」

黙って耳を傾ける千香。

「全ての上演が終わり、反省会となった。お礼が言いたくて、あの女性を探した。だって、本当に助かったから……」

「……」

「後ろの席にいたので頭を下げた。すると、彼女が微笑んで……、俺は……」

一瞬、ためらう。その表情を千香が見逃さなかった。

「好意を感じた。それって、一目惚れじゃないの？」

「ああ、そうかも。その微笑みに、ときめいたんだ」

「そうか、それが亜紀だった訳ね？」

理解できたと思い、嬉しそうに笑みを浮かべる。

「でもね、千香ちゃんが邪魔したんだ」

不意に睨まれたので、千香が慌てて身を引く。

「えっ、どうして？　どうして、私が？」

「声を掛けようとしたら、千香ちゃんが横取りして、どこかへ連れて行っちゃった。がっかりだよ」

「な～んだ、あの時かぁ～。邪魔した訳じゃないわ。久々に出会ったからよ。それに、輝坊ちゃんの気持ちだって、あの時は知らなかったじゃない」

「まぁ、そうだけど……。でもさ、名前も聞けず、悔しくて恨んだぞぉ～」

渋面を作り、再び千香を睨む。

「わぉ～、怖い顔。本当に、私を恨んだの？　参った、参ったぁ」

千香が両手を上げて降参する。その大げさな格好に笑ってしまった。

「アハハ……、なんてね。ハハハ……」

「うっふふ……、亜紀が聞いたら、喜んだでしょうね」

車内アナウンスが熊谷駅の到着を告げた。腕時計を見て安心する。

「ところで、名前は誰に教わったの？」

「うん、演劇部の女子から。だけど、怪しいと思われ、住所は断られちゃった。でも、勤め先をこっそり教えてくれたんだ。それで、住所……」

素直に話すべきか迷っていると、腕を容赦なく叩かれた。

「ちょっと、待って！」

「あっ！　痛えなぁ～。なんだよ？」

私の痛みなどお構いなく、平然としゃべる千香であった。

「わかったわ！　あれ、あれよ。私が留守のとき、遊びに来たでしょう？」

「えっ！」

「私の許可も無く、高校時代の卒業アルバムを見たそうね。輝坊に内緒だよって、お母さんが教えてくれたもの」

「エヘヘ……、ばれちゃったかぁ。だってさ、絶対に同級生だろうと思ったから……。でもね、後が怖いから、秘密だよって頼んだのに……」

「怖い？　私が？　まあね……」

「ごめんなさい」

「ううん、許してあげる。だって、ブツブツ言いながら探していた様子を聞き、お母さんと大笑いしたもの。ふふふ……」

「でもさ、せっかく調べて手紙を送ったのに……」

「宛名不在で戻ってきた。そうでしょう？　ふふ……」

千香の含み笑いが理解できず、即座に聞き返した。

「えっ。なんで、知っているんだ？　どうして……」

「ちょっと、待ってよ。今、説明するから……」

かたずを呑み、静かに待つ。

「実はね、演劇祭の後にラ・メーゾンへ行ったの」

「あ〜ぁ、ショート・ケーキを食べたんだぁ。いいなぁ〜」

大好物だったので、本当に羨ましく思った。

「ショート・ケーキに目が無いこと、知っているわよ。いつか、おごってあげるから……」

「ほ、本当だね」

「はい、はい。それまで我慢してね。そのときに、亜紀から教えてもらったの」

「な～んだ、そうかぁ」

列車の速度が緩やかになり、熊谷駅に到着。意外にも乗降客が多く、しばらく話を止めて様子を眺める。列車が動き始めると、待ちきれない千香が続きを催促した。

「それから、どうしたの？」

「うん、会社に電話しちゃった。でも、休みだったから……」

「ええ、亜紀から聞いたわ。とても、驚いたそうよ」

「あれ～、知っているのか？」

「退社時間に待ち伏せして、手紙を渡したことも。でしょう？」

「え～、それもかよぉ～。参ったな……」

「参ったのは、私の方よ。輝坊ちゃんがそこまでやるとは……」

「……」

「もぉう、信じられない。聞いて嫉妬しちゃった」

「……」

《なぜ、あんな行動ができたんだろう。自分でも不思議に思った》

「ねえ、教えて？　渡された亜紀の表情は？　だって、澄ました顔で話すからよ」

「ん～、残念だけど、覚えていないよ。無我夢中だったもん」

実際に必死だった。拒絶されたら、城址の堀に飛び込むつもりでいた。

「あれは、ラブ・レターでしょう？」

「アッ、ハハ……。ただのお礼だよ」

千香がムッとして、俺の鼻先に顔を近づけた。

「ウソ、おっしゃい！　本当に嘘が下手ねぇ」

「ええっ？」

勢いに押され、目を瞬く。

「運命がどうの、偶然が必然だとか……」

「な、なんで知っているのさ！」

今度は、私が額を寄せる。が、彼女は一歩も引かない。

「千香のいとこだから、心配ないと言ったそうね。もう、狡いんだから……。何が安心なのよ？」

千香に対し、隠し事は無理だと認める。

「はぁ～、亜紀さんが喋ったんだね？　どうしても、受け取ってもらいたかったから。ごめんなさい」

「仕方ない、許してあげる。だって、亜紀の顔が、とても嬉しそうだったもの……」

「本当に？」

「ええ、本当よ。どんな内容なのか、教えてくれる？」

文面を思い浮かべるが、はっきり思い出せない。

「夢中で書いたから、全部は無理だよ」

「わかるだけでもいい、知りたいわ」

仕方なく目を閉じ、思い出せる文字を口にする。

「生まれること、生きること、死ぬことは必然ではない。偶然という奇跡によって、成り立っている。ん〜、人の出会いも、偶然という奇跡が引き起こし……。だから……、あなたとの出会いは奇跡……。ん〜、その偶然を、僕は大切にしたい。偶然を、必然に変えることが、僕の運命だから……」

難解な手紙を書いたと後悔し、返事は無いものと諦めた。

二日後の夜、まさかの電話音が鳴り、偶然の奇跡が起きる。脳波が完全に錯乱状態。しどろもどろで受け答えするも、初デートの約束を交わした。

その日は、そぼ降る雨の日曜日だった。

喫茶店（あすなろ）の前で待ち合わせ、一緒に中へ入る。予想通り、早い時間帯なので空いていた。

「金井君……、確か、ここは音楽喫茶よね？」

「はい、そうですが……」

「クラシック音楽を聴く部屋があるって、本当なの？」

「ええ、その左手に階段があるでしょう？　下りると音響室があります。聴きたい曲が有りますか？」

「ううん、特にないわ。金井君は聴いたことがあるの？」

「時々、聴きに来ますよ」

「じゃあ、そちらへ行きましょう。金井君の好きな曲、聴きたいわ」

二人して、音響室に入る。

「まぁ～、壁一面がレコード収納棚。グランド・ピアノや中庭もある。とてもシックな装いね、素敵だわ」

亜紀の意外な喜びに、心から嬉しく思った。収納棚の無い壁際に横並びに座る。初めて味わう恋人気分に、心も体もそわつく。亜紀がコーヒー、私は紅茶を注文した。

「金井君はコーヒーを飲まないの？」

「僕は、紅茶が好きです。ダージリンはストレート、アッサムやその他はミルク・ティーとして飲んでいます。横山さんはコーヒー党ですか？」

「そうね、どちらでもないわ。そのときの雰囲気かな。私は主観性があやふやで、つまらない人間よ」

「……」

恋する人だから、つまらない人ではない。と、心の中で否定する。

「でも、金井君は違うようね。行動力が凄いもの。羨ましいわ」

「そんな、僕は単なる頑固の塊ですよ」

「うふふ……、面白い……。金井君は……。それで、どんな曲を選んだの」

「はい、ラフマニノフのピアノ協奏曲第二番です」

ピアノの鍵に繊細な指が触れ、静かな鐘を奏でる。徐々に滑らかな楽想へ移行。曲のイメージを瞑想するも、今日は隣の席に意識が流れてしまう。第一楽章が終わり、無言のまなざしを感じた。

「……」

目を閉じて集中する。最終楽章が終わり、一瞬の静けさに戻った。いつもなら余韻に浸れたと思うが、今日はそんな余裕もない。

「あ~、とても心に響く曲ね。好きになったわ」

「……」

紅茶を静かに飲む振り。実際はガチガチの体にフワフワの状態であった。

「この旋律に、金井君の詩が浮かぶわ」

思わぬ言葉に、神経がギュッと張り詰める。

「えっ、あの詩？」

「もちろんよ、素敵に思えたもの！」

初めてのデートを一秒でも長く過ごしたいと願っていたが、彼女の予定で無念にもお開きとなる。ただし、亜紀の別れ際の言葉が、未来の道を明るく照らした。

「実は、金井君のことを千香に話したの。とても驚いていたけど、輝坊ちゃんと呼んでいたわ。本当なの？」

「あっ、はい。親せき中で呼んでいます。もう高校生なのに、いつまでも幼児扱いで可笑しいと思いませんか？」

「あら、そうでもないわ。金井君にぴったりと思うけど……。でも、私が呼ぶわけにはいかないものね」

「ん……、いや、構いませんよ。もう慣れていますから……」

「いいえ、輝君と呼ばせてね。良いかしら？」

「えっ、照れるなぁ。だけど、嬉しいです……」

「その代わり、私のことを亜紀と呼んで欲しいわ」

《輝君か、俺のことを輝君と呼ぶ。それに、俺が亜紀さんと呼ぶのか？　輝君、亜紀さん。幸せだなぁ。ムフフ……》

「何よ、そのにやけた顔。まあ、嫌らしい……」

初デートは知られていない。だから、敢えて打ち明けなかった。

「あっ、いや、ずいぶん幼稚なことを書いたなあ、と思ってさ」

「そうでもないわ。でも、もっと詩的かと思った。だって、嘆きの詩人を自負する輝坊ちゃんなのに……」

「詩も書いたよ。だけど、忘れちゃった」

「あっ、誤魔化したな。狡いぞ！」

千香の指先が俺の腿をギュウッと抓る。容赦のない痛さだ。

「ウッ、イテェ〜。千香ちゃん！　もう、止めてくれよ」

抓られた所を手のひらでさすり、不満を漏らした。

「止める訳ないでしょう。だって、伯母さんが許可したんだもん」

千香が、つんと澄ました顔で答える。

「そんなの時効だよ。もう死んで、いないんだから……」

「いいえ、約束は永遠よ。わかったの？」

癪に障るが、逆らえない。

「ん〜、わかったよ。ちょっと、待って……」

仕方なく呼吸を整え、心に刻む詩をゆっくり諳んじる。

【忘れ水

あなたの笑みに　心惹かれ
見つめる瞳に　心寄せる

人知れず　忍びやかに流れ
心の奥を　細やかに流れる

私の忘れ水

春は春に　夏は夏の恋風が
秋は秋に　冬は冬の恋風が
愛しさに　旋律を奏でる

早鐘鳴らす　心の忘れ水
幾星霜の流れ　私は願う】

「わぉ！　そんな詩を書いたの？　これで、納得したわ」

「ん？　何を、納得したんだ？」

「亜紀が動揺した訳よ。だって、恋愛には無頓着だったもの。絶対に、間違いないわ」

幾度も頷き、独り納得する千香だった。

「動揺なんか、全然してないじゃん。だって、俺は振られたんだよ」

「いいえ、嫌いで別れていないもの」

千香の言葉に、私の心が揺らぐ。

ガタガタと列車が揺れ、大宮駅に到着する。下車と同時に駅の構内を駆け抜け、京浜東北線の始発ホームへ向かう。発車寸前に乗れたが、吊り革に両手を委ねるほど混雑していた。

車窓の景色に漠然と目を置くと、数週間前の記憶が思い出された。

《思えば、あの水沢山のハイクも、この別れの伏線だったのか。ああ、なんで俺は見抜けなかった……》

三週間前の土曜日の夜。亜紀から電話が掛かってきた。

「もしもし、輝君。こんな時間にごめんね」

「いいえ、別に構わないです。ボーッとしていたから」

「あの〜、……」

「なんでしょうか？」

亜紀の顔を思い浮かべ、心をときめかせる。

「お願いが……。明日だけど、予定があるかしら？」

《おっ、デートの話かな》

「な〜んも、有りません。有っても無いと答えます。それに、亜紀さんの願い事は、無条件でお受け致します」

「ふふふ……、心遣いとても感謝します。ふふ……、ちょっと、その改まった話し方、止めてよ。緊張しちゃうもの」

「はい、仰せのとおり、かしこまりました」

「ふふ……。もう……、輝君は……」

「アハハ……。ごめんなさい」

「それでね……、思い出になる景色が見たいの。どこか案内してもらえる？」

《えっ、思い出の景色？　随分、妙な言い方だな》

「ん……、ちょっと待って……」

妙な言い方が気になったが、景色の良い場所を探す。

「あっ、無理なら……」

「そうだ！　伊香保温泉への途中に、水澤観音があるんですけど、知っていますか？」

「知らないわ」

「裏手が水沢山で、その頂上の眺めが絶景です。この季節は、特に紅葉が……」

「本当に？」

「はい、ボーイ・スカウトの訓練で登ったから、絶対に間違いない」

返事を待つ間、受話器を握る手が汗ばむ。

「じゃあ、そこへ案内してね」

「ほ、本当ですか？　やった～！」

大声で叫んでしまった。

「輝君、聞こえる？　お弁当は、私が用意するわ」

一瞬耳を疑うも、直ぐに理解する。

「本当に？　亜紀さんの手弁当付きハイク？　最高に幸せだぁ～。楽しみです！」

「私も楽しみよ。じゃあ、明日の九時にね。おやすみなさい」

「はい、おやすみなさい。でも、嬉しくて、眠れそうにないなぁ」

「だめよ、早く寝なさい。絶対に遅れないでね」

「は～い。おやすみなさい」

　翌日の朝は、絶好のハイク日和だった。朝早くに目覚め、そわそわと家を出る。高崎駅西口のバス停前で、亜紀の姿をしげしげと待った。浅緑のブラウスと紺のスラックス姿の亜紀が、急ぎ足で近づいてくる。小振りの赤いリボンに長い髪を束ね、恥ずかしそうに手を振った。

「おはよう、輝君！」

「あ、おお、はよう……」

　その容姿と身の動作に見惚れ、まともな挨拶が返せなかった。

「お待ちどうさま……。どうしたの？　変な格好かしら？」

「いいえ、とても素敵です。目が眩み、心が砕けました」

「まあ、恥ずかしい。どこから、そんな言葉が出るの……」

　困惑の表情を見せるも、嬉しさに瞳が輝いている。

「ごめんなさい。子供の言葉ですから……」

「もっと子供らしい言葉にしてね。お願いよ。ふふふ……」

　バスは定刻に出発。予想より乗客が少なく、後部座席に並んで座る。車窓の風景を眺めながら、他愛のない会話をした。山間部に近づくと車体が大きく揺れ始め、座席の幅が狭く二人の体が密着する。思わぬ体感に、全身が火照り完全に落ち着きを失う。

《亜紀さんの体が熱く感じる。参ったなぁ～》

「どうしたの？　具合でも悪いの？」

「う、ううん。な、なんでもない……です」

　余計な意識を振り払い、首を大きく横に振った。喉がカラカラに渇く。

《ふ～、やばい。見透かされたら、絶対に嫌われてしまう。でも、ちょっぴり……》

　予定の時刻より、少し遅れて到着。

「あの湧水は、飲めるのかしら？　なんだか、喉が渇いて……」

　亜紀が石段横の湧水に近づく。潤いに飢えた私が、先に飲んで見せる。

「ぷっふぁ～、うまい！」

　彼女も恐る恐る口に含むと、満足な表情を浮かべた。

「でしょう？」

「ええ、本当ね。甘く美味しかったわ」

　石段を上がり水澤寺に参詣してから、狭い林道を彼女のペースで登る。二時間ほどで山頂に着いた。

展望の眺めは、亜紀の予想を裏切ることはなかった。前方に、雄大な赤城山の裾野が広がり、四方を見渡せば上毛の山々が一望できる。遠方に見える高崎の市街地が、秋の日差しに眩しく輝く。亜紀が両手を合わせ、微動出せずに祈った。

「輝君、ありがとう。この景色、心の中にしっかりと刻めたわ。決して忘れない」

目頭から一筋の涙が零れる。

「……」

《なんだ、その涙？　その言葉？　どんな意味があるんだ》

涙ながらの言葉を素直に聞けず、不思議な感覚で受け止める。ハンド・タオルを取り出して、無言で手渡すしかなかった。

「あ、ありがとう……。だめね、私って？」

「いいえ、ここを案内して良かった。こんなに感激するなんて……」

「ええ、そうよ。輝君で良かったわ」

「……」

「さて……、お弁当を食べましょうか？」

「そう、そう、早く食べましょう。ご褒美のお弁当だ！」

秋の透き通る空気に色彩豊かな紅葉が、手造り弁当の味を更に引き立てる。二人は十分に満喫した。亜紀にとって、このハイクには特別な会話はいらない。故郷の風景を二人で共有することが、意図的であり重要と思っているようだ。

　心なしか山頂の空気が冷えてきたと感じる。

「亜紀さん、寒くない？　風邪ひくと大変だ。下りますか？」

「そうね、登るときは感じなかったけど、少し冷えてきたようね。何かを持ってくればよかったわ」

　リュックサックから簡易防寒着を取り出す。やや大きいが、寒さを和らげるのに十分だった。

「薄いジャンパーで良ければ、使ってください」

「ありがとう。輝君は？」

「僕は、平気ですから……」

　予定より早めに下山する。時折、彼女が立ち止まって林道沿いを覗き見た。しばらくして、何かを発見したらしい。

「輝君！　その木の根元を見て！　ほら、途絶えそうな流れがあるわ。輝君の詩、あの忘れ水かしら？」

《そうか。あの動作は、忘れ水を探していたんだ》

　示す場所へ行くと、枯れ葉に覆い隠された流れを確認する。

「ええ、良く探しましたね。奇跡的な忘れ水です」

「まあ、奇跡的なの？　嬉しいわ。私と輝君の忘れ水ね」

《えっ、二人の忘れ水？》

心臓の早鐘が高鳴り、体が浮き立つ思いだ。

「ちょっと、待ってね」

おもむろに林の中へ入る亜紀。木の幹に体を支えてしゃがみ、繊細な指先で枯れ葉を取り除く。細々と流れる忘れ水が現れた。流れの中に白い指先を浸し、優しく感触を確かめている。

その一連の行動を、背後から漠然と眺めてしまった。すると、彼女が濡れた指先を薄紅色の唇に寄せる。私の視線は、亜紀のなだらかな白いうなじと解れ髪に流れ、束ねる赤いリボンに意識が移る。突然にすべての背景が眩しく映え、私の感受性を奪って忘我の境へと押しやった。

《あ〜、この感覚は……。俺は、亜紀さんのために生きると、誓う……》

気配を痛切に感じたのか、さっと彼女が振り向く。なぜか、亜紀の愁然たる瞳から涙が溢れている。未熟な今の私には、その心意を見抜けなかった。

「アッ、危ない！」

車両の揺れにあわや倒れかけ、とっさに吊り革を握り返す。心配しながら見ていた千香が、声を出して支えた。

「お〜、危なかった。サンキュウ……」

「ボーッとしているからよ。用心してね」

「はい、はい。今後は気を付けます」

「鶴見駅を過ぎたから、もう間もなくよ」

出港は三時の予定だが、時計の針は二時を大きく過ぎている。果たして、これで間に合うのか、不安になってきた。

横浜駅から根岸線に乗り換え、関内駅に着いたのは三時十分前である。大桟橋埠頭まで約一キロを、必死に二人は走った。

埠頭を目の前にして、無情な汽笛が響き渡る。

〔ボォーッ、ボォーッ〕

〔ジャン、ジャン、ジャン……〕

出航を知らせるドラが鋭く叩かれた。歓声と悲鳴が同時に上がる。

「輝坊ちゃん、先に行って！」

遅れ気味の千香に背中を強く押されるが、一緒に行くことを望み千香の手を摑んだ。埠頭に着いたのは出航直前である。

デッキに連なる多くの人々から、亜紀を見つけるのは容易ではない。しっかり目を凝らして探す。

〔ボォーッ、ボォーッ〕

鼓膜をつんざくような汽笛が鳴り響くと同時に、大きな船体がギシギシと動き始めた。徐々に埠頭と船体が離れ、空いた海面に大小の渦が描かれる。

ぽつねんと船尾に立つ亜紀の姿を捕らえた。隣の千香に知らせ、急ぎ船尾に近い場所へ移動する。

亜紀が私たちの姿を見つけ、信じられないと目を見張り両手を口にあてがう。そして、デッキの手すりに体を寄せ、縋るように両腕を差し出した。彼女の仕草を、私は無言で見つめる。

デッキと岸壁双方の思いを結ぶ五色の紙テープが、無情にも一本また一本と千切れ始めた。限りないテープが海風に煽られて宙を舞う。その姿は虚しい舞に感じた。

「さようなら～、さようなら～」

両手を大きく振り、互いに声を張り上げる。不意に亜紀が両手で顔を覆い、手すりに伏せる。千香がその忍びない姿に動揺し、俺の腕にしがみつきむせび泣く。真底に湧き上がった感情を叫んでしまった。腕に響いた言葉を、千香が心に受け止めたようだ。

夕日に映えるクリーム色の船体が、ゆるゆると沖合へ遠ざかる。埠頭にたたずむ人々から、別れの声は消え大きなため息だけが聞こえた。

「さあ～、もう帰ろう」

「うん……」

多くの人々に紛れ関内駅まで歩く。冷たい風にコートの襟を立てた。歩道に散った街路樹の枯葉が風に吹かれ、足元をカサカサと忙しなく転がっていく。見送り人の心に、最後の汽笛がこだました。

奔放な運命に、青春を弄ばれた気がする。せめて、もう少し時間が欲しかった。

再び千香の手紙に集中する。

【サン・パウロから一千キロ離れた日系農場へ、北島さんが視察に行かれたの。驚いたことに、それは亜紀のお兄様が経営する農場だった。

残念なことに、亜紀は住んでいなかった。日本を離れて五年後にお父様が亡くなり、お母様も体調を崩し、サン・パウロ市内の日系人介護施設に入所された。亜紀は、お母様が亡くなるまで十五年間も付き添っていたらしいわ。苦労していたのね。その後、同じ施設で働いているそうよ。今、詳しく調べているから、近い内に連絡を頂けるわ。だから、もう少し待ってね。

ところで、あなたが他の女性に心を閉じたのは、亜紀が原因なんでしょう。間違っているかしら。結婚だって、全然考えない。本当に困った人ね。

そういえば、輝坊ちゃんの詩を思い出したわ。

恋することは　裏切りと失望を前提とし

愛されることは　裏切りと失望を肯定とする
それでも、僕は恋を求め　愛されることを願う

あなたは、亜紀に失望を感じたかもしれない。でも、彼女は輝坊ちゃんを裏切ってはいないの。それだけは、信じてあげなさい。

最後になったけど、私のことを書くからね。だから、しっかり読んで理解して欲しいわ。先々週に検査したら、病状の進行がとても速く、私の命が残り一年未満ですって。残酷な結果ね。伯母さんとの約束が果たせず、天国で叱られる。そう思うと、辛くて悲しいわ。でもね、輝坊ちゃんの詩集を読んで救われた。だって、死ぬのも偶然で奇跡なのよね。神様の選んだ順番が、少し早く来ただけでしょう。神様に文句を言っても、変わる訳ないじゃない。だから、素直に受け止めるべきと決意したわ。私って偉いでしょう。そう、思ってね。

最後に、お願いがあるの。残りの人生を、私と一緒に暮らせるかしら。たったの一年だけよ。我慢できるでしょう。子供達も賛成しているから、心配いらないわ。

私にも、内緒の〔忘れ水〕があるの。枯れるまで、見届けて欲しいわ。勝手なお願いだけど、輝坊ちゃんが叶えてね。良い返事を待っています。

かしこ　千香より】

手紙の文面を茫然と眺め、虚無感に押し潰されそうな気分だ。ざわめく心を鎮めようとベランダに出る。くゆらすタバコの紫煙が、秋風に誘われて空高く吹かれた。その様子を目で追いながら、千香のことを思い描く。幼き頃は野原で戯れる蝶のごとく、常に寄り添う存在であった。千香の病状が気になり、急ぎ携帯のボタンを押す。

「もしもし、元気だった？　手紙を読んでくれたのね？」

呼び出し音が鳴らない内に、いつもの穏和な声が聞こえる。

「うん、元気だよ。ところで、切除した大腸ポリープと、関係があるの？」

「ええ、膵臓と肺に転移しちゃったの。でもね、無理しなければ平気。ふふ……、心配してくれたんだ。ありがとう。それで、私の提案は？」

「少し、考えてみるから……」

「考えること無いわ。だって、私は気の毒な病人なのよ。迷える子羊を救えるのは、輝坊ちゃんだけでしょう。さあ、神戸にいらっしゃい。待っているわ。あら、嫌なの？　高崎へ迎えに行くけど、それでいいのね」

「アハハ……、わかった、わかったよ。お好きなように……」

千香の強引さに呆れるも、彼女らしい会話に安堵した。

「ふふふ……。じゃ、好きなように、させてもらうわ」

気分が和らぎ、自分の考えを伝えることにした。

「ところで、相談があるんだけど……」

「どんな相談かしら、話して……」

千香の表情を思い浮かべ、慎重に打ち明ける。

「亜紀さんの消息を、自分の目で確かめようと思う。だから、近々サン・パウロへ行こうかと、考えているんだ。千香ちゃんなら、どう思う？」

「う～ん、そうね。行ってみれば……。ん～、でも……」

意外にも、簡単に快諾する。

「もしもし、もしもし、千香ちゃん、大丈夫かい？　聞こえる？」

声が途切れたので、何事かと心配になった。

「はい、はい、ちゃんと聞こえていますよ。ちょっと、迷っただけなの。ん～、よし、決めたわ。私も一緒に行くからね」

「えっ、待ってよ。体調は？　ブラジルは遠すぎるから、とても大変だぜ」

「今なら、平気よ。それに、一度は行ってみたいと思っていたもの。だって、主人も行ったのよ。私だけ行かないなんて、不公平でしょう。ブラジルかぁ！　うう～ん、最高ね！」

千香の嬉しそうな声を聞いて、反対する必要はないと考えた。

「じゃ、そうしよう。だけど、状況によっては、亜紀さんを連れて帰るつもりだ。三人で残りの人生を過ごそうかと、思っているんだけど？」

　余計なことを口走ったと、直ぐに後悔する。

「いいわ。だけど、一緒に住むのは神戸の家ね」

　心配したが、快く承諾してくれた。

「うん、ありがとう。それにしても……、会って貰えるだろうか。心配だなぁ……」

「今更、そんな弱気なことを、吐いてはダメよ。輝坊ちゃんらしくないわ。ラブ・レターのこと、思い出しなさい。あなたは、典型的なB型で牡牛座の人。楽天家で意地っ張りだから運が強いの、心配する必要はないわ」

　千香らしい解釈で、説得させられてしまった。

「わかったよ。だけど、幾星霜の流れは、人の心を簡単に変えてしまうからさ」

「幾星霜の流れ？　何それ？　詩的な言葉は使用禁止。私には理解できないもの」

「時の流れのことさ。じゃあ、来週中に神戸へ行くね」

「ええ、わかったわ。でも、私といるときは禁煙よ。いいわね」

「ん～、わかった。タバコは止めるから……」

「そうよ。お利口さんね、輝坊ちゃんは。だから、大好きなの！」

「あっ、そうだ。おふくろの約束って、なんのことだい？」

「なんの約束かしら、知らないわ。さようなら」

「えっ？」

一方的に、電話が切られた。拍子抜けするも、千香のとぼけた返事は一級品だ。苦笑するしかない。

色褪せた二枚の絵葉書を思い出す。久々に机の引き出しから取り出した。それは、寄港地のホノルルとロスアンジェルスから届いた絵葉書である。

【日毎に、日本から遠く離れて行くのね。
今の私には、別れの言葉が書けない。
必ず日本へ帰ります。待っていて下さい。
それとも、輝君が迎えに来てくれますか】

亜紀が書いた約束の言葉であり、決して消えることはなかった。
それから三十年の歳月が流れた。

この物語は、フィクションです。

著者プロフィール

ウィルソン　金井（うぃるそん　かない）

本名：金井　輝久（かない　てるひさ）

昭和25年生まれ、群馬県高崎市出身

県立高崎工業高校電子科卒

職歴：保谷硝子眼鏡営業部電算室、邦字紙パウリスタ新聞社会部記者、国際協力事業団サンパウロ支部総務課、在サンパウロ日本国総領事館経済班、スズキ自販群馬法人営業部部長、高崎公立中学校生徒指導嘱託員

その他、ブラジル三指会ボーイ・スカウト指導者、高崎市国際交流協会元都市友好部会長

主な受賞作「浮き雲」ブラジル武本文学佳作、「忘れ水」上毛文学佳作、「蒼き雫」文芸たかさき最優秀作

既刊著書：『ゴキブリの気持ち　ゴキ太と黒ピカの愉快な旅』（文芸社、2022年2月）

時空を超えた冥府の約束

2024年４月15日　初版第１刷発行

著　者　ウィルソン 金井

発行者　瓜谷 綱延

発行所　株式会社文芸社

〒160-0022　東京都新宿区新宿1－10－1

電話　03-5369-3060（代表）

03-5369-2299（販売）

印　刷　株式会社文芸社

製本所　株式会社MOTOMURA

ISBN978-4-286-24971-1